Imprimé en Europe

ISBN : 978-2-38393-014-3

DELPHINE **LAFAYE**

AVEC ET SANS

éditions HUGO STERN

Roman

Pour Gauvain, Ethan, Maxime…Nelson

Merci à Gauvain, Audrey, Mathilde R et Julie

Chapitre 1

LA SALLE D'ATTENTE

Dans la salle d'attente de la gare de Londres Saint-Pancras International, j'attends mon train avec les enfants. Nous avons passé la douane en avance. Mes cheveux sont impeccablement coiffés, j'ai mis mes bijoux. C'est une journée solennelle pour notre famille. Romain nous attend de l'autre côté. Assise, la couverture d'un magazine lisse entre les mains, je ne lis pas. Comment le pourrais-je ? Les émotions dans ma tête m'empêchent de me concentrer. La date inscrite sur mon billet ne me laisse aucun choix, je dois partir. Je n'ai plus rien de matériel. Ni voiture, ni meubles, ni habitat. Mes abonnements d'électricité et de gaz sont résiliés. Mon statut professionnel interrompu, je suis effacée du système, mes affaires sont dans des cartons, en transit. Cette routine, que j'avais enfin réussi à construire, je la quitte. Je vais chercher un nouvel écosystème. Cela m'est déjà arrivé.

— Quelle heure est-il maman ?

La question de Benjamin me ramène à la réalité. J'étais en train de penser à mes clefs que je venais de laisser à l'agence qui a vendu mon appartement. Le conseiller commercial n'est pas venu me saluer. Sa secrétaire a récupéré mon trousseau, nonchalamment. Un petit sourire de rien du tout m'aurait réconfortée.

Mon aîné est impatient. Il ne se souvient pas d'avoir déjà pris l'Eurostar, il était trop petit. J'ai eu trois occasions : une avec lui dans mon ventre, une avec lui dans mes bras et aujourd'hui.

Le premier trajet, j'étais enceinte de sept mois. Romain avait été soudainement recruté à Londres. Une opportunité professionnelle le poussait à quitter Paris sur-le-champ. Il était parti en éclaireur et vivait dans un appartement de fonction dont il ne se servait que le soir. Un dortoir temporaire. Après l'intégration de son emploi, j'avais sauté dans l'Eurostar pour visiter un éventail de lieux propices à cette aventure. Les visites terminées, je le rejoignais sur les Docks. La plupart du temps, il sortait en ville avec ses clients. Il me savait isolée et en était triste. Mais il sentait que cette vie insolite dépendait de son investissement dans ce travail où l'on ne compte pas ses heures. Sécuriser notre famille en devenir devint une mission. Nous étions jeunes, toujours à découvert et le souhait de nous installer correctement, avant d'être parents, fut le moteur indéniable de cette épreuve à surmonter.

Seule, je regardais la Tamise, sans savoir où l'avenir nous emmenait. À cette époque de l'année, en hiver, la vue était grise. À l'origine, j'avais pensé installer notre enfant dans l'unique chambre de notre F2 à Paris. C'était un peu « rock and roll ». J'entrepris de ne pas renouveler notre contrat de location. Grosse comme un pingouin, semblable à un animal cherchant la sécurité, je déambulais dans le métro de Londres pour débusquer un cocon. J'avais l'âme d'une marathonienne qui court jusqu'à la dernière ligne droite. Sauf que je transportais les treize kilos de ma grossesse en plus. Je buvais de l'eau. À mon détriment, une envie fréquente d'aller aux toilettes prévalait sur ma quête du logement. Le liquide appuyait sur ma vessie et me ralentissait trop souvent dans mes recherches. Le temps pressait et le rythme de mes pas s'avéra plus lent que prévu dans une capitale pulsante. Finalement, je dénichai quelque chose « à l'arrache ». Comme Romain, j'étais en mouvement.

Une semaine avant la naissance, je revins en France afin

d'empaqueter nos affaires, nettoyer l'appartement, et accoucher. Tout allait très vite, le rythme était dense. Je fus soulagée de ne pas donner la vie dans l'Eurostar.

Ce que je vivais n'était pas facile pour une femme enceinte jusqu'au cou, j'en avais conscience. Dans mon esprit, il fallait que je relève ce défi inopiné. Avec ce bébé dans mon ventre, en transit tous les deux, c'était le moment de faire preuve d'audace, de me surpasser. Pour cela, je m'imaginais presque aussi courageuse que ces femmes entendues à la radio. Certaines se déplaçaient pour des raisons professionnelles, familiales, ou pour fuir la guerre, le patriarcat. Leurs témoignages m'inspirèrent. Leurs paroles, comme des fourmis en file indienne, se transportèrent jusqu'à mes oreilles. Et je nourrissais une volonté féroce de m'identifier à ces portraits de femmes intrépides. Celles qui dans l'action, décident et font. À mon niveau, je voulais faire partie de leur famille.

Benjamin est né à l'hôpital, le jour de la Saint Valentin, le jour de la fête des amoureux. Il ressemblait à une petite crevette rose.

Cinq jours plus tard, je partais me réfugier dans ce lieu fraîchement chassé. Cette fois, je voyageais un couffin à la main, les hormones en pétard, et les seins gonflés de lait maternel. En un aller-retour Eurostar, j'étais devenue maman.

Quatorze ans plus tard, le déménagement est sur le point de s'effectuer dans l'autre sens. À présent Londres-Paris. Et la famille s'est agrandie.

Benjamin est assez grand pour comprendre la notion du changement. En revanche, dans sa naïveté d'adolescent, il sous-estime la difficulté qui accompagne les transitions soudaines. Jules est plus difficile à lire. Un mélange de joie et de confusion bouillonne en lui. Il est à la fois excité et sur les nerfs.

Une famille ne s'installe pas comme on pose les meubles au sol. Ça, je le sais, les enfants s'adaptent si les points de repère sont trouvés et favorables. Sinon ils flottent dans le vent, retenus, papillonnant comme le font les cerfs-volants. Pourvu que tout se passe bien.

Dans la salle d'attente Eurostar, en face de nous, une autre mère de famille attend l'annonce de son train, en buvant un café. Ses deux filles s'occupent. La grande, avec ses ongles vernis d'un orange écaillé, s'applique à tresser les cheveux de sa petite sœur. Je regarde cette scène attendrissante qui me rappelle l'amitié complice de mes garçons.

Ben a organisé son sac à dos afin de prendre du plaisir pendant le voyage. Journal de foot, manga, bonbons, écouteurs pour regarder un film sur son téléphone. Il n'aura jamais le temps de tout goûter, le trajet dure deux heures quinze minutes. Au moins, il ne s'ennuiera pas. Il paraît heureux à l'idée de vivre et découvrir le pays natal de ses parents. Force est de constater, à quatorze ans, son adolescence, période transitoire démarre dans le cadre de cette aventure. Jules, avec ses joues matelassées de douceur enfantine, écoute de la musique. Il peut le faire longtemps, c'est son péché mignon. Je veille à ce qu'il enlève son casque au bout d'une heure pour que ses oreilles prennent l'air et respirent. Il a cinq ans de moins que son frère. Je garde toujours un œil averti sur Jules qui aime foncer. À neuf ans, il danse souvent dans sa chambre. Lorsqu'une mélodie lui plaît, il se tord en rythme. Nous sommes dans un espace noir de monde donc il ne peut pas se laisser aller. Il se retient et ressent tout à l'intérieur. J'enregistre une sismicité vivante au fond de lui, une lave en fusion. C'est l'adrénaline du départ combinée au son de la musique.

J'espère que les garçons ne seront pas trop bouleversés dans leur nouvelle vie. L'insouciance envolée, il est difficile de débarquer comme un cheveu sur la soupe. Élever deux petits mecs, c'est déjà un beau challenge alors, il me semble que ce serait bien de ne pas compliquer la donne.

Les chiens urinent pour marquer leur territoire et les chats griffent les arbres, je vais devoir faire la même chose que nos amis les bêtes. Nous aiguiller, en délimitant et bornant la route en respectant nos différences d'âge : l'enfance de Jules, l'adolescence de Ben et le monde adulte. Un rôle d'éclaireuse dans une foule aveugle. Cette responsabilité offre des récompenses et des échecs. Romain participera comme d'habitude, nous sommes une bonne équipe. Cependant je suis celle qui réceptionne les enfants à la sortie des classes, qui organise leur routine. Je serai en première ligne la plupart du temps. Cet équilibre à trouver passera par un nouvel ancrage impalpable pour l'instant.

Je repense à ces boîtes de mouchoirs que les écoles réquisitionnent en renfort à la rentrée, pour anticiper les rhumes des mois d'hiver, j'en ferai le plein également afin d'essuyer la transpiration, les larmes de tristesse et de joie. Nous avons du pain sur la planche. Le premier pas vers l'adaptation est le sevrage d'une vie antérieure et de ses habitudes.

— Il est cinq heures vingt-deux Benjamin. Pourquoi me poses-tu encore la question ?

— J'ai hâte de voir Papa ! Ça fait longtemps.

CHAPITRE 2

QUARANTE PRINTEMPS

C'est vrai. Romain est déjà en France depuis quatre mois. Les enfants brûlent d'impatience de le revoir. Son nouvel emploi a démarré après son entretien réussi. Nous ne pouvions pas le rejoindre tout de suite. Tout comme la première fois, il prend la température avant notre arrivée imminente. Il n'a pas eu le choix. Les termes de son contrat de travail étaient écrits noir sur blanc et non négociables. Je digérais ce bouleversement, que la vie en répétition me servait à nouveau sur un plateau. Pendant ce temps, je remplissais les cartons de déménagement et les enfants terminaient leur année scolaire. Le week-end, Benjamin et Jules regardaient la Coupe d'Europe de football. J'essayais de suivre les matchs avec eux et d'en apprendre les règles. D'habitude, ils vivaient cette complicité sportive avec leur père, je ne pouvais pas le remplacer. J'arrondissais les angles pour qu'ils ne soient pas trop touchés. Les garçons avaient du mal à accepter son départ précipité, son absence était difficile à supporter.

Mes quelques amies, déçues de me voir partir, n'étaient d'aucun réconfort. Cette douleur du déracinement se partage avec des personnes l'ayant vécu. Enfant, Romain changeait de logement tous les quatre ans. Il dut s'adapter régulièrement et ravaler ses doutes. Il acceptait sans rancune la dualité de mes sentiments, il ne m'empêcha pas d'avoir de la peine ou d'être troublée.

Le 24 juin 2016, jour de mes quarante ans, un mois avant notre départ, le Royaume-Uni décida de quitter l'Europe par referendum. Un choc. Romain, qui souhaitait que nous célébrions mon anniversaire tous ensemble, tenta d'effectuer un aller-retour, il fut coincé à la Gare du Nord. Ce jour-là, les trains Eurostar étaient cruellement en retard et il arriva dans la nuit. Ce fut raté. La nouvelle du Brexit, digne de Shakespeare, entre tragédie et comédie humaine, avait chamboulé le transport des passagers. Ce délai prolongé du trajet symbolisait le chaos qui attendait la réorganisation de l'Europe. Jour de la fête de la lumière dans le calendrier français, jour d'anniversaire assombri à mes yeux, jour du Brexit.

J'avais acheté des huîtres en forme d'amande pour l'accueillir, je voulais le surprendre. Mon plateau de fruits de mer resta figé en tête à tête avec un citron pelé. Les bougies, dispersées tels des mikados sur la table, furent délaissées pour l'occasion. Leur couleur blanche faisait écho aux huîtres d'apparence désormais cireuses. Leur fraîcheur ne survécut pas à l'arrivée décalée de Romain ni à la nouvelle du Brexit. Le fraisier, à huis clos dans son carton d'emballage, fatigué de son opulente décoration, s'affaissa. La célébration resta en suspens. La bouteille de blanc était vide. Elle avait trouvé son unique consommateur, ma solitude. La solitude fait partie du déracinement. L'une ne va pas sans l'autre. Il y a toujours un moment de latence où elle s'immisce. La mienne avait commencé un peu plus tôt que prévu. Avant notre déménagement. Plus tard, à force de s'enraciner en France, c'est elle qui fera ses valises et déménagera.

Romain arriva, dépité. Son corps, beau dans son costume, s'opposait à son visage terne. Pendant des heures, il avait tourné en rond dans cette gare mouvementée. Il ne tenait plus debout. La journée de travail trop longue, l'attente interminable à la gare à cause des nouvelles du Brexit et la fête d'anniversaire qui tombait à l'eau, l'avait réduit en bouillie. À cause des épreuves accumulées, un petit événement nous désorientait, aussi facilement qu'une vague retourne une embarcation. Sur le palier de la porte, à une heure du matin, Romain me serra dans ses bras, puis il s'allongea dans notre chambre. Sur le ventre, habillé, le visage caché dans son oreiller, il s'évanouit en une seconde, épuisé. Cette vision ressemblait aux comédies dramatiques des années quatre-vingt-dix, où l'homme d'affaires effondré s'écroule et s'endort, sa mallette dans une main et sa cravate délicatement étalée à plat sur le drap du lit. Par miracle, je réussis à lui enlever ses chaussures qui lui collaient aux pieds. Ils avaient chauffé dans le cuir de ses mocassins et criaient à l'asphyxie. Dans la veste de son costume se cachait un paquet de taille miniature, pratique à transporter. Malgré le tumulte du Brexit officialisé et son nouveau boulot, il ne m'avait pas oublié. Il était là.

Le lendemain, il repartit pour être au bureau en France. Ce fut un coup de sifflet bref, mais j'étais heureuse de l'avoir vue avant notre départ. Cela me donna la force de continuer cette préparation pénible.

Romain se perd parfois dans le tumulte de son emploi envahissant. Il n'est pas toujours disponible, il est souvent distrait. Comme tout le monde, il fait des erreurs, il fait des merveilles. Nous sommes loin d'incarner le couple idéal, mais on s'aide. Romain m'aide. L'argent, celui que je gagne mal avec mon métier de comédienne, celui qui me fait rentrer dans la catégorie des métiers galères, il le partage. « L'argent par le travail rend la femme libre » exprimait Simone Veil et je n'en gagne pas assez. Ni sur les planches ni en élevant mes enfants. Une nounou est reconnue moyennant ses revenus. J'élève pourtant des enfants, les miens. Parfois je me demande si j'aurai dû élever ceux des autres ? Plutôt que le théâtre, je m'en serais mieux sortie ? Comment distinguer la femme dans son rôle de maman, de l'actrice émergente ? La femme qui suit l'aventure familiale ? Celle qui déménage ? Celle qui jongle ? Suis-je une mauvaise image de la femme libre, Simone !

Romain est l'élément stable financièrement dans notre famille. Il sait que nous dépendons de lui. À ce niveau, tout repose sur ses épaules qui sont larges. De visage, il ressemble à Robert de Niro avec un nez aquilin. Il rigole avec les yeux plissés et cache ses passions. Malgré sa volonté d'agir, un brin de pudeur subsiste en lui, sauf quand il est en colère, alors là, tout se voit. Il se construit, là où personne ne l'attend et surprend. En Angleterre, en saisissant cette opportunité professionnelle, en devenant père, il fomenta le dessein d'être pétri par un environnement nouveau, de se découvrir en dehors de ses racines. Il navigue, fait des escales avant de se poser un jour face à la mer.

Cela m'arrive de culpabiliser lorsque je rate une audition et un cachet. C'est le prix à payer. Notre couple n'est pas une référence, il se débrouille et s'aime. Alors, quand c'est possible, j'essaye de soulager Romain. Je nous paye des vacances ou des meubles. Notre table basse, c'est grâce à cette figuration dans le film sur Marie-Antoinette que j'ai pu nous l'offrir. Le jour où j'enfilai une perruque, je renflouai notre compte en banque pour la décoration de notre appartement. Quand je passe à côté d'une audition, elle me rappelle un de mes succès. Parfois je nous régale d'un dîner dans une brasserie dont la spécialité est celle de frites croustillantes, un plaisir à la hauteur de mes revenus instables. Une fois, à la faveur d'un rôle de sans-culotte, prise dans la masse de la Révolution, morte presque instantanément, ce fut le « jackpot ». Nous sommes partis une semaine en Martinique avec des billets de dernière minute. Une douce folie pour notre jeune couple qui ne savait pas ce qu'il faisait. Nous étions des voyageurs novices à l'époque et le prix des billets défiait toute concurrence. Sans nous douter de l'embrouille, nous sommes arrivés en pleine saison des pluies. Ceci expliquait cela. Nous résidions dans un hôtel qui concoctait des cocktails exotiques dégoûtants, à base de poudre d'ananas, la journée sous les averses nous explorions les plages au sable fin et le village de pêcheurs à proximité. « L'île aux fleurs » nous enchanta sur des kilomètres.

Au terme d'une longue aventure londonienne, un ras-le-bol s'était installé chez Romain. Il avait le mal du pays. Lorsque nous avions pris le ferry l'été dernier pour retourner en Angleterre après les vacances, je l'avais vu regarder longuement, à l'arrière du bateau, la côte disparaître, il rêvait à son prochain départ sur le continent. Je comprenais qu'il ait envie d'autre chose. Éprouvé par les excès de sa société et la vie citadine, il démissionna et décida de tenter sa chance ailleurs, une décision ultime. Sans vraiment y croire, il se rendit à un entretien d'embauche à Paris. Il souhaitait y revenir un jour, mais ne se faisait pas trop d'illusions sur le résultat de son premier rendez-vous. À sa grande surprise, il obtint le poste. Ce n'était pas prévu, il y était allé la fleur au fusil. Une seule place était disponible au sein de l'équipe. Il fallait agir vite. Sans réfléchir, sous pression, sur place, et surtout dans la panique, il accepta l'affectation. Il crut bien faire, lui qui avait l'habitude de bouger dans sa jeunesse. Lorsqu'il revint à la maison pour m'annoncer la nouvelle, deux jours plus tard, malgré le bonheur de revenir en France, ce fut tout de même l'étonnement et la consternation. Surtout pour moi. Je venais d'obtenir une place pour Jules dans l'école de Benjamin et j'avais réussi la dernière audition pour une pièce de théâtre dans notre quartier. Le projet démarrait en septembre. Les enfants pourraient rentrer ensemble de l'école, les jours de répétition. J'en étais rassurée. Je réalisai vite fait que ce rendez-vous à Paris n'avait pas été un entraînement. La course et les efforts, pour être en tête de la liste d'attente de l'établissement scolaire, avec l'idée de regrouper la fratrie, n'avaient désormais aucune utilité. Pas plus que l'obtention de ce rôle.

Abasourdie, je devais m'en accommoder, la vie nous orientait dans une autre direction. J'ai quand même décidé d'aller à la réunion sur la pièce. Malgré toutes ces nouvelles, je n'arrivais pas à lâcher mon projet aussi subitement. Pendant que le metteur en scène parlait de l'organisation debout sur les planches, j'imaginais le personnage du Fou dans « Le Roi Lear » apparaître derrière les rideaux et tourner en dérision notre départ imparfait. Toutes ces décisions avaient déboulé en l'espace d'une semaine, c'était impossible à digérer d'un coup (même « Wonder Woman » ne le pourrait pas).

CHAPITRE 3

LES CARTONS

Il y en avait partout. De toutes les tailles. Des cartons posés les uns sur les autres. Au début, j'avais commencé à les remplir consciencieusement. Au bout de six heures, je ne cherchais plus à bien ranger nos affaires. La redondance de mes gestes m'avait transformée en automate. Cela m'avait rappelé ma jeunesse lorsque, serveuse dans un café, je me faufilais entre les tables avec vivacité. Romain venait parfois y boire un café le week-end, lorsqu'il n'était pas occupé. Sans que nous puissions bavarder, à distance, il me voyait prendre les commandes mécaniquement. J'allais au plus vite. La raison, j'avais le droit de garder mes pourboires à la condition d'avoir servi suffisamment de tables en une journée. Sinon je devais les donner au chef cuisinier. C'était la règle de l'établissement. Par conséquent, je ne réfléchissais plus. J'exécutais rapidement. De la même manière aujourd'hui, la peur de perdre quelque chose me rendait active et frénétique.

Malgré une hâte d'en finir, le plaisir de remplir les cartons ne venait pas. L'idée de recommencer une nouvelle vie n'avait pas encore fait son chemin. À chaque fois que je mettais un objet dans une boîte vide, j'avais l'impression de quitter un lieu qui était encore le mien. Je débarrassais le plancher à reculons. La nouvelle du Brexit, tombée le jour de mon anniversaire, m'avait horrifiée. Elle présageait quelque chose d'étrange. Un peu comme un oiseau de mauvais augure. Cette île allait-elle changer de mentalité ?

N'était-ce pas le bon moment pour partir ?

Après quelques jours, cent vingt cartons tenaient debout en plusieurs colonnes, formant des petits murets. Pour désencombrer le passage entre les pièces, je les avais poussés contre les murs du côté des fenêtres. Les garçons auraient pu se blesser en jouant. Comme à leur habitude, ils couraient partout et je ne souhaitais pas m'y opposer. Leurs jeux animés me rassuraient, le déménagement n'avait pas le droit de tout arrêter.

Les blocs foncés montaient vers le plafond petit à petit, bloquant jusqu'à la lumière du jour. Durant dix jours, j'avais fini par imaginer le coucher du soleil. Et ce n'était pas fini. J'avais sous-estimé la quantité de livres que nous possédions. Comme beaucoup, nous avions débuté notre vie avec peu de moyens, les livres étaient devenus nos lieux d'évasion. Nous avions amassé au fil des années et presque acheté une mini-librairie à nous seul. Je décidai d'en céder une partie à l'école des enfants, qui réclamait toujours plus d'ouvrages pour sa bibliothèque. Je pensais que nous avions une décoration minimaliste. Je n'avais pas remarqué que depuis notre vie de parents, nous avions accumulé un tas d'objets encombrants. Je commençais donc un tri d'objets à donner, en plus du déménagement en cours. Jules n'avait plus besoin de sa poussette, du chauffe-biberon, ni de son vélo à petites roues stabilisatrices.

Dans les années soixante-dix, l'appartement avait abrité les fêtes d'une Lady. L'immeuble entier était la propriété de sa famille. Bohémienne dans l'âme, cette aristocrate invitait différents artistes. Ces gens finissaient la soirée avec des visages bouffis par l'alcool et la drogue. En face de l'appartement vivait le groupe de rock « The Who ». Ils participaient à ces mondanités. J'imaginais autrefois notre intérieur sans trop de meubles. Seules des personnes aux cheveux longs, écoutant de la musique, avachies sur des poufs de couleurs douteuses servaient de décoration. La fumée de cigarette flottait dans l'air en forme de spirale et camouflait les imprimés fleuris au mur. J'aimais ce style ornemental, mais nous avions fini par l'arracher. L'odeur de tabac froid du tissu démodé empestait la pièce.

Les nouveaux propriétaires avaient demandé s'ils pouvaient nous acheter à bas prix la plupart de notre mobilier en place. Je ne m'y attendais pas, cependant, j'avais décidé d'accepter leur requête craignant de perdre la vente. Avec le Brexit qui pointait le bout de son nez, je ne pouvais pas prendre de risques dans une transaction devenue compliquée. Sans s'en rendre compte, ce couple avait eu du flair. Notre porte d'entrée particulièrement étroite nous avait joué un mauvais tour à notre arrivée. Elle refoulait presque tout, à part des êtres humains. Le corps à la verticale passait telle une lettre à la poste, pour le reste, c'était une autre histoire.

Personne ne nous avait prévenus à l'époque de l'étroitesse de notre entrée. Après un an de négociation tenace et la signature du contrat de vente, ce genre de détail nous avait échappé. L'acquisition de cet appartement avait été si difficile que nous avions concentré tous nos efforts là-dessus. Entre temps, nous avions oublié de prendre les mesures avant d'emménager. Situé au troisième étage de l'immeuble, j'avais dû renoncer à une armoire chinoise, une commode et un vieux fauteuil en forme de tulipe. Ils ne passaient pas par la porte principale. Ne pouvant les laisser sur le trottoir ni dans les parties communes trop exiguës, notre déménageur était reparti avec, satisfait de sa journée. Je pus en revanche casser le pied de la table de cuisine en bois pour la faire rentrer. Je n'avais effectivement pas calculé ce souci de taille. Malgré cet état de fait et le logis délabré, nous n'avions pas reculé devant l'obstacle. Nous savions que ce genre d'habitation en duplex était rare dans le quartier. Cela avait été dur de mettre la main dessus et c›était dur de devoir le quitter. Le couple venant de l'étranger avait raison de s'épargner ces efforts supplémentaires. Acheter le mobilier simplifiait leur emménagement, sans qu'ils ne sachent à quel point. Ils venaient de Singapour avec leurs deux enfants. Ils avaient eu un coup de foudre pour cet appartement original dans Londres. Peut-être parce qu'ils avaient deux enfants, ils s'étaient projetés dans cet intérieur à double niveau, offrant des endroits de repli. J'avais aimé y vivre. Et je savais que je ne retrouverais jamais un endroit pareil. J'étais réconfortée que ce soit une famille qui y trouve son compte. C›était comme s'ils avaient compris les vibrations de l'endroit.

Nous quittions donc le premier appartement que nous avions acheté et nos meubles. Je laissais aussi derrière moi notre table dans la cuisine. Je n'eus pas le cœur de lui casser à nouveau la jambe. Une photographie argentique en noir et blanc était exposée sur le mur du salon. C'était le poster original d'une pièce de théâtre dans laquelle j'avais obtenu un rôle. Les nouveaux propriétaires avaient voulu que je leur laisse la photo, l'image ajoutait du charme à la pièce. J'étais flattée. Ils aimaient ce que peu de personnes remarquent, l'art touchant et frappant d'artistes méconnus qui voient le monde à travers leurs jumelles intimes ou personnelles. Mais certaines choses n'ont pas de prix. Cette photographie faisait partie de mon existence à la fois lorsque j'avais été sur scène, et après, en guise de souvenir à la maison. Je pouvais la rouler facilement dans un tube rigide alors j'avais décidé de l'emporter avec moi. Je la dégrafais donc du mur ce qui laissa un vide sidéral. C'est à ce moment que j'ai senti que nous partions pour de vrai.

Au final, notre déménagement se composait d'un amas de cartons, nos vieux matelas et nous quatre. Le déménageur avait fini par revoir son tarif à la baisse. Nous ne prenions que la moitié de la place dans le ventre du camion et nous partagions la course avec d'autres clients. Cette tranche de vie « à emporter » de Londres vers la France était réduite à un volume minimum. Ce déménagement symbolisait une page blanche à réécrire dans tous les sens du terme.

CHAPITRE 4

LE VOISIN

Étonnamment, il y avait quand même un élément que je me sentais à l'aise de quitter dans ce déménagement. C'était le voyage au sous-sol pour y déposer les poubelles. L'ensemble de la copropriété devait descendre un escalier pour apporter les ordures dans une petite cour à l'extérieur du bâtiment. Devant ces grandes cuves en plastique se trouvait la porte d'entrée d'un appartement. Celui du bas de l'immeuble. Un vieil homme irritable y habitait. Tout le monde avait peur de le croiser.

En plus de l'odeur des poubelles, son logement partait en lambeaux et sentait mauvais. La porte d'entrée était incrustée de trous d'insectes. Les rideaux aux fenêtres étaient souillés de tâches et de poussière et des dépôts suspects se formaient sur le verre des vitres sales. L'homme ne s'occupait plus de son intérieur, mais il circulait régulièrement dans le quartier. Depuis plus d'un mois, l'endroit paraissait vide. De la fenêtre de ma cuisine au troisième étage, côté cour, je voyais une jungle qui avait poussé en face de chez lui. Son jardin, un mouchoir de poche, était en friche. C'était pourtant un luxe d'avoir un bout de terrain en ville. Peu de personnes laissaient leur jardin à l'abandon. Où était-il passé ?

D'habitude il venait chercher son courrier jeté dans la boîte aux lettres de l'entrée principale du bâtiment. Et je ne le voyais plus se déplacer. Cela ne me manquait pas. De petite taille, cet homme rabougri était si antisocial qu'il ne fallait surtout pas lui dire bonjour. Il risquait de vous aboyer dessus. L'innocent se prêtant au jeu de la politesse ne comprenait pas son malheur. Ce fut le cas de Benjamin qui le salua un matin de bonne heure.

— Good Morning Mr Potters !

— Won't you shut up? You fool.

Traduction : «

— Bonjour Mr Potters !

— Veux tu te taire imbécile ? »

Il se mit à hurler des bêtises. Benjamin avait fini par pleurer. L'homme ne s'arrêtait plus de crier. Heureusement, le voisin du deuxième étage était venu à notre secours. Il partait pour le travail avec sa mallette. En ouvrant la porte d'entrée, il dirigea Mr Potters vers la sortie dans un même élan. Il réussit à ne le pas le toucher en utilisant sa mallette comme une raquette de tennis qui renvoie une balle. Cela valait mieux, il l'avait déjà frappé. Par la suite, il nous expliqua le comportement inattendu de ce voisin particulier. Ce vieux monsieur aimait se travestir le soir. Il se maquillait, enfilait un manteau de femme, une perruque et ses talons pour sortir dans le cœur de la nuit. Sur le chemin d'un retour de casting, je l'avais effectivement croisé, habillé de la sorte, sans qu'il ne me reconnaisse. J'avais remarqué à quel point son visage était coloré de rouge à lèvres et de fard à paupières. Le jour, pour ne pas être reconnu par son voisinage, il beuglait comme le font les animaux attaqués sur la défensive. Il voulait tenir tout le monde à distance. Éviter les commentaires sur son mode de vie.

Il était paranoïaque : selon ses dires, la société lui voulait du mal. Il ne payait plus ses factures et lorsque la police était venue sonner à sa porte pour le questionner, il s'était barricadé derrière celle-ci en les menaçant. Il était en guerre avec tout ce qui était vivant. Aujourd'hui se travestir est moins tabou. À son époque, c'était compliqué. En conséquence, il semblait n'avoir retenu que des expériences injustes dans son rapport aux autres. Je décidai de l'ignorer pour notre confort et le sien. Personne n'avait réussi à l'approcher. Cependant, je ne pus l'ignorer longtemps.

Un jour, je sentis que l'odeur de la zone des poubelles et de son lieu de vie s'était transformée. Je m'étais empressée de prévenir le propriétaire de l'immeuble. Son intervention témoignait de son manque d'intérêt pour les habitants. Il tentait tout simplement de camoufler l'odeur avec un diffuseur parfumé. Sans se déplacer, il avait demandé à l'aide-ménagère des parties communes de s'en occuper et de choisir le parfum, en l'occurrence la vanille. Il ne se posa pas plus de questions. Le mélange de la vanille et de l'odeur insalubre était un cocktail repoussant pour le nez. Ce fut pire que tout. L'odeur remontait maintenant dans les canalisations et dans notre cuisine.

Après quelques semaines à tolérer l'affreuse odeur, j'avais écrit une plainte au propriétaire. Celui-ci, négligeant à souhait, m'avait répondu que c'était sûrement le cadavre d'une souris morte, que cela passerait, qu'il fallait être patient. Après plus d'un mois, le voisin du deuxième, Romain et moi rentrâmes en contact à nouveau avec le propriétaire « je-m'en-foutiste ». Nous lui avons écrit un courrier plus tonique. S'il ne faisait rien, nous allions appeler la police pour défoncer la porte de l'appartement du bas, là où l'odeur persistait. Cette fois, il avait cru bon de réagir à notre demande. Il appela lui-même la police, car c'était le rôle d'un Lord de passer ce genre de coup de fil, non pas aux communs des mortels ! La découverte du corps froid de Mr Potters fut un choc. Son cadavre pourrissait depuis deux mois. Sans visite et sans ami, personne n'avait pu constater sa mort ou l'aider si cela avait été nécessaire. L'odeur ne venait pas d'une souris morte.

Il y avait donc cet élément que je ne regrettais pas de quitter dans ce déménagement, le trajet du troisième étage pour aller au sous-sol dans le local à poubelles. Là où le souvenir d'une personne originale repliée sur elle-même meure seule.

CHAPITRE 5

LE DEPART EUROSTAR

Une annonce est faite. D'une voix grave et séduisante, la dame au micro nous invite à nous diriger vers notre train Eurostar. Cette voix envoûtante semble nous préparer à un massage relaxant. Il ne manque plus que le parfum d'une huile de noix de coco pour nous faire croire à l'ivresse du départ. C'est à notre tour de partir. Nous quittons la salle d'attente qui gazouille de conversations pour enfin embarquer. Depuis le temps que nous attendons à la Gare de Saint-Pancras, elle s'est progressivement remplie et grouille de monde. Si cette voix langoureuse savait dans quel état je suis.

Ma santé s'était fragilisée en quelques semaines. Je toussais beaucoup. J'avais perdu quelques kilos en organisant le déménagement. La vente de l'appartement compliquée, sur un fond d'incertitude liée au Brexit, m'avait flinguée. De plus, le propriétaire de l'immeuble nous avait laissé à gérer une multitude de problèmes ridicules. Les absurdités du dossier, datant d'un passé lointain, d'il y a trente ans, faillit compromettre notre vente plus d'une fois. Je me battais avec l'administration, les avocats et les agences. Ces petites surprises de dernière minute empoisonnent le quotidien. A force d'anxiété, je flottais dans mon jean. Le stress avait gommé mes courbes comme photoshop retouche la réalité. Ou était la graisse sur mes hanches autrefois arrondies ? Je ressemblais à un lombric, sans forme. L'été me requinquera. Il m'engraissera là où tout s'est aplati. Je souhaite retrouver mon corps de femme. Celui qui me tient debout, que j'ignore trop souvent. Ma seule vraie propriété. Finalement ce corps est l'unique chose qui m'appartienne. J'aurai aimé en avoir pris conscience plus tôt.

La veille du départ, mon médecin m'avait prescrit un traitement de corticoïdes afin d'anéantir cette infection. Il avait peur de me lâcher dans la nature. Pour l'instant le traitement ne marche pas, la toux persiste. Mon corps n'en fait qu'à sa tête. A part la création d'un champignon sur ma langue. Ma langue noire évoque ces maladies incurables des siècles derniers. Jules en a peur. Cela lui fait penser à Venon, l'ennemi de Spider-man, sa langue charbonneuse est infâme. Je fais en sorte de ne pas ouvrir la bouche quand je lui parle pour ne pas l'effrayer. Quant à Romain, il devra attendre que ma langue guérisse avant de recevoir un baiser.

Nous avons rejoint le quai. Dans le train, plein à craquer, nous ne pourrons pas nous permettre de nous étaler. C'est le mois de juillet, les gens voyagent à toute heure de la journée. Nous avons atteint nos sièges et commençons le processus d'installation éphémère. Le brouhaha fait entendre un mélange de mots, certains en français, d'autres en anglais. En attendant le son de la fermeture des portes, Jules a posé son casque sur ses épaules et dessine des bonhommes sur la vitre avec son doigt. Benjamin regarde le mouvement des passagers, tickets à la main, cherchant leurs wagons. Un influx nerveux circule sur la plate-forme. Ces pas rappellent ce va et vient incessant des expéditions. Miroir du passé et de nos jours. L'homme parcourt le globe, insatiable. Il cherche sa terre d'accueil. Son eldorado. Un abri.

Les garçons se tiennent le menton à présent. Ils chantent « Je te tiens, tu me tiens par la barbichette, le premier de nous deux qui rira aura une tapette ... ». Jules grimace en face de Ben, qui craque. Il rit fort et Jules s'empresse de lui coller une claque. Le bruit résonne dans le compartiment. Décapiter son grand frère, c'est trop bon. Heureusement, ils arrêtent ce jeu qui finit toujours en pleurs. Ben a la joue rouge, mais il ne sent rien. Le train vient de s'ébranler. Tout d'un coup, on se dévisage avec des yeux de merlan frit. Nous perdions nos repères. Pas question de perdre également le regard aimant de l'autre. Une drôle de sensation nous envahit. L'inconnu. Le train prend de la vitesse et nos pensées s'étalent dans l'air comme la vapeur s'échappe d'une cheminée de locomotive.

Ma voisine aux cheveux blancs, assise dans la même allée que moi, a un joli foulard. Il se marie avec le cordon jaune posé autour de sa taille, équivalente à ses hanches rondouillardes. Sa ceinture fine, coincée dans son ventre rebondi, me rappelle les tenues pastels que portait la reine mère d'Angleterre. Cette femme, à la morphologie en rectangle, compacte, a l'air confortable dans sa tenue étriquée. Doucement, elle tourne les pages d'un reportage parlant de l'exode.

D'un œil discret, je scrute une photo et je vois l'image d'un grand bateau pourri rempli de réfugiés traversant la mer. Maintenus uniquement par des gilets de sauvetage, ils sont à la merci de tout. Cet aspect de la vie ne se contrôle pas. Personne ne choisit d'où il vient, ni son héritage, ni ses départs. Inspiré par une autre photo similaire sur le coin de la page, le tableau de Ford Maddox Brown « Adieu à l'Angleterre » me revient. Lors des vacances d'hiver, j'avais emmené les enfants au Musée de Birmingham où nous avions croisé le regard des figures de cette toile. Pour tenter de sensibiliser ma tribu aux œuvres du passé qui font écho à l'actualité encore aujourd'hui, et pour éviter une pluie battante à l'extérieur ce jour-là, nous avions pris le temps de parler du sujet de cette peinture. Ce fut une des rares occasions où mes fils se plongèrent, avec intérêt, dans l'histoire d'une représentation ancienne. Peint en 1855, assis dans une barque sur une mer agitée, des immigrants quittant l'Angleterre pour commencer une nouvelle vie à l'étranger sont représentés en différents groupes. Le regard pierreux et suspicieux du couple au premier plan est identique à celui que nous avons à l'instant. À quelle sauce allons-nous être mangés ? Le thème du départ me parle. Les histoires qui vont avec. Notre bande se déracine aussi. Mais elle ne le fait pas dans les vagues dangereuses. Nous avons l'avantage d›être assis dans ce train douillet. La conscience, de ne pas mériter cette chance plus qu'un autre, m'effleure. Je m'assois au fond du siège, je ne me plaindrai pas du voyage. C'est promis.

Les passagers sortent leur attirail pour se distraire. Leurs petits snacks salés ou sucrés. J'entends le bruit des emballages et des cannettes qui s'ouvrent comme au début d'une séance de cinéma. La plupart sont accrochés à leur téléphone. Les gens tapotent sur leurs écrans portables comme les secrétaires jadis sur leurs machines à écrire. Je ne souhaite pas faire semblant d'être occupée ou l'être vraiment. J'aime analyser la saveur du monde avec mes yeux, l'étalage devant moi, sans l'imposition d'une mise en scène. Sans filtre. Un jour les ingénieurs nous enlèveront le plaisir des fenêtres si personne ne les utilise. Je décide alors de regarder à travers celles-ci et de suivre le trajet entamé. Je les rentabilise à chaque regard porté dehors. En observant Londres, je dis au revoir à cette ville. Quatorze ans de ma vie. Dans le tunnel, quand tout sera noir, je ferai mon deuil. À l'entrée de la gare du Nord, je serai prête à accueillir la suite. Et si c'était aussi simple ? Je regarde le tissu des sièges. Il est bleu comme la mer ou le ciel. La mer n'est pas bleue dans son abysse. Si j'avais su, enfant, j'aurais dessiné mes marines dans une mosaïque de bleus avec une couche noire au fond. J'y aurais rajouté de drôles de créatures, plutôt que des poissons tropicaux.

Au Lycée, je ne croyais pas au tunnel sous la Manche. Le concept, l'étanchéité totale me paraissait trop complexe. Les expériences en classe avec des siphons et des liquides colorés finissaient en fuite. Comment imaginer une prouesse technologique sous l'eau, sans faille ? Puis un jour, j'ai vu un reportage sur l'aquarium de Barcelone. Les visiteurs se promenaient à l'intérieur de tuyaux transparents, plongés dans une piscine d'eau de mer. Les touristes observaient les requins. J'imaginais donc l'Eurostar comme une promenade sous l'eau qui recense les poissons franco-britanniques. Je finis par croire à l'invraisemblable. Adulte, lors de mon premier trajet, enceinte, je n'ai rien découvert de spectaculaire. A part cette fluidité épatante du transport.

Une heure passe et j'ai soif, je décide d'aller au bar. Il y a un peu de monde. Je fais la queue. Devant moi, le client âgé parle de ce divorce européen avec le serveur du buffet.

— On n'avait pas besoin du Brexit, il y a tellement de problèmes plus importants. C'était beau cette complicité France - Angleterre depuis l'Entente Cordiale.

Le jeune homme rétorque

— Oui, on l'avait attendu cette amitié à travers l'histoire…

Le serveur sourit, mais il ne plaisante pas. Il entend parler de ce sujet sans arrêt et se pose des questions également. Le tunnel sous la Manche va-t-il devenir un couloir secret ? À l'image de ceux du château de Versailles qui avaient caché les infidélités du roi avec la marquise de Montespan. Sera-t-il le lien entre ces deux pays étrangers, se tenant la main sous l'eau.

Se sentir chez soi des deux côtés, ce rituel Paris-Londres, Londres-Paris, cette proximité que personne ne souhaite perdre, durera-t-elle dans l'histoire ? Je l'espère plus que d'autres. C'est le fantasme des enfants issus de deux cultures, vivant dans un amalgame de racines et d'empreintes. D'enfants qui ne savent pas toujours où se poser, rêvant d'habiter deux pays à la fois.

Le serveur me regarde. Je peux passer ma commande. Je lui souris et choisis une eau pétillante et deux jus de pomme. Il sait que j'ai entendu la conversation juste avant. Loquace, il me demande ce que je pense du Brexit. Je lui réponds

— C'est un peu triste.

— Vous aussi, vous êtes déçue ?

— En quelque sorte. Mais de toute façon ma famille quitte Londres aujourd'hui.

La vérité était compliquée à expliquer. Je n'étais pas triste à l'idée de vivre en France, j'étais déçue de partir soudainement. En plus de ce départ, au même moment, j'étais déçue que le Royaume-Uni quitte l'Europe. Je ne m'y connaissais pas très bien en politique. Toutefois cette double rupture, la mienne toute petite et celle de ce pays à grande échelle, avaient été imprévisibles à mes yeux et abruptes - ce qui me déstabilisait. Franco-britannique, j'ai vécu le Brexit comme un divorce pour faute. Ce pays qui nous avait accueilli, larguait les amarres pour aller flotter plus loin. Plus loin sur son île. Loin de la France, censée être une amie. Plus jeune, j'avais attendu que ces deux pays s'apprivoisent. Qu'ils s'aiment un peu, beaucoup, passionnément. L'Europe avec son creuset de relations avait commencé cet échange qui peut-être s'envolera. Delacroix peignit en allégorie « La liberté guidant le peuple » pour évoquer la Révolution, j'attends l'œuvre d'un plasticien immortalisant le Brexit pour assimiler cette rupture dans le temps. Pour la marquer au fer rouge dans les livres d'histoire.

Le serveur curieux me demande

— Vous allez habiter à Paris ?

— Pas loin, à la campagne

— C'est un sacré changement, vous quittez une capitale mondiale ?

— C'est voulu. Quitte à changer de vie, autant le faire véritablement.

Je regarde ma montre et remarque que nous échangeons depuis quinze minutes. Je décide de retourner à ma place. Les enfants commencent à se chamailler. J'ai dû les laisser trop longtemps. J'arrive juste à temps (avec leurs boissons) pour les calmer. Une femme me bouscule alors que je m'installe. Je renverse mon eau. À la mode parisienne, où les formes disparaissent sous un trench, elle passe et ne s'excuse pas. Jules me distrait

— Où va-t-on habiter ?

— Devine…

— À Paris ?

— En région parisienne, tu en as entendu parler ?

Il ne répond pas. Pour lui, c'est du chinois.

CHAPITRE 6

DANS LE TUNNEL

Nous sommes dans le noir du tunnel, le plus long du monde sous la mer. Londres est derrière nous à présent. Je n'y retournerai pas avant quatre ans. Dans mon sac à main, je retrouve quelques tirages photos. Ils évoquent des souvenirs. Honteuse d'y jeter un œil alors que nous venons de partir, je ne résiste pas. Les garçons sont occupés. Ils parlent du dernier but d'Olivier Giroux pour Arsenal. Ils n'ont pas l'air stressé. Cela me rassure. La suite sera éprouvante.

En déménageant à Londres, Romain et moi, nous quittions notre trentaine, ces années pleines de défis. Cette ville m'a appris à grandir. Je n'y suis pas particulièrement attachée. Je l'aime, car je me suis sentie incluse dans son fourmillement. Sa mixité sociale et culturelle a le don de mettre à l'aise. Souvent les villes cosmopolites dans leur diversité ont la capacité de générer l'éclosion d'idées avant-gardistes. L'histoire nous prouve régulièrement que cette recette fonctionne pour faire avancer les mentalités. Et si un jour toutes les villes du monde devenaient cosmopolites ?

Je ne suis pas une amoureuse des villes à priori. J'aime habiter là où je me sens enracinée. Quitter Paris, puis Londres n'est pas un souci à ce stade de ma vie. J'y ai vécu de belles années. La déchirure que je ressens se loge ailleurs. Je suis rongée à l'idée de perdre ma stabilité. Mon équilibre. Celui que j'ai mis tant de temps à construire. Au moment d'y goûter, je l'ai à peine effleuré comme un oiseau en plein vol touche l'eau pour boire. A peine.

Je suis contrainte de recommencer à zéro. Ma vie est-elle vouée à l'empêchement de m'y retrouver dans ces trois rôles inépuisables ? Mère, femme, comédienne, j'assume des statuts différents. Ce n'est pas toujours évident. C'est riche et vaste à la fois. Découragée, je sors une ultime photo froissée dans mon sac. Nous sommes devant la façade de notre pub local. J'ai trinqué à pleins de choses dans ce lieu. La naissance de Jules, la médaille de Ben pour le cross de son école, un rôle de chef dans une série grossière et plouc qui ne vit jamais le jour. J'ai aussi dégringolé dans l'escalier à cause d'une femme qui avait trop bu. Ses bras avaient agi en lames de tondeuse. Mon talon cassé, je suis rentrée à cloche-pied. Romain m'avait prêté son épaule comme moyen de support. Ce soir-là, on était rentré lentement, touristes dans l'âme, bras dessus, bras dessous, admirant l'architecture et les scènes de l'existence.

Le visage de Londres entreprend des liftings réguliers. Des remises en beauté. Tirée par les échafaudages qui rajeunissent, rénovent le squelette de ses bâtiments, cette ville se vit en chantier. Elle change de robes et d'apparats comme un Rubik's Cube en pleine résolution. Le must des façades romantiques s'imbrique et se juxtapose dans une ligne d'immeubles vétustes. Et cela ne choque pas ses citadins.

Cette ville a un caractère « punk ». Ses quartiers pauvres se transforment en quartiers bobos avec des artistes qui viennent disséminer leurs élans créatifs. Ses éclairages sont parfois clairs et abondants. À l'inverse, dans les quartiers en friche, un des rares filets de lumière visible, offert aux mères de famille, vient des néons des supermarchés. Ils rappellent aux citadins qu'ils ne vivent pas au « Far West ». C'est l'unique endroit permettant une échappatoire, un peu de chaleur dans la grisaille des après-midis d'hiver. Les mères de famille, comme des abeilles, retournent à la ruche. J'en étais une. Au moment de faire mes courses avec Ben dans la poussette, je croisais à chaque fois un vendeur de produits illicites. Son territoire s'étalait de ma rue au Supermarché. Il proposait sa mixture en chemin. Certaines mamans, malgré le poids de leurs courses, remplies de couches culottes et de lait maternel, s'arrêtaient pour acheter une boulette recouverte d'aluminium. Elles la glissaient dans leur poche comme si c'était une denrée vitale. Dans les rues paumées, les extrêmes s'invitent sans surprise.

Avant de quitter Londres, nous avons revisité ce premier lieu de résidence. Un pèlerinage, car nous y étions heureux, en dépit de l'environnement compliqué. Je ne pouvais pas croire en son changement si rapide. Il y avait des fleurs, des bancs, des lampadaires, des cafés. J'avais la cruelle impression de passer à côté de quelque chose. « Le pays de Candy » s'était incrusté dans les rues moites et sombres. Un charme bucolique remplaçait la dureté industrielle d'hier. Je me remémore notre voiture sous la neige. Défoncée à coup de batte de baseball, cette vieille berline serait tranquille aujourd'hui. Nous avions dû nous en débarrasser en urgence, sa carcasse endommagée n'évitait pas les représailles. Nos voisins nous avaient prévenu, il ne fallait pas acheter une voiture dans ce quartier. Cela finissait toujours mal.

Un jour de canicule, une femme habillée en niqab, au marché se tenait à un mètre d'intervalle d'une femme en maillot de bain. L'une, couverte de son voile de la tête aux pieds, semblable à une sculpture de musée, que l'on transporte sous un tissu pour ne pas l'abîmer, dénichait des culottes aguichantes. L'autre, se dévoilant presque entièrement, cherchait des produits de première nécessité. La photographie de ces deux femmes aux antipodes m'intrigua.

Un autre souvenir, chez ma coiffeuse grecque, me fit songer à ces situations déconcertantes. Sur un fond de musique cacophonique, camouflant les cris de bagarres, elle me coupait les cheveux délicatement. Les coups pleuvaient derrière la vitrine, alors que Ben, âgé de deux ans, essayait d'attraper mes cheveux imitant les enfants qui chassent les flocons de neige en plein vol.

Cette danse de l'enfance sur fond de violence me frappe encore l'esprit.

Là-bas, il y avait aussi le tournage d'un film X à l'épicerie du coin. Ce ne fut qu'au moment de régler la bouteille de lait que je me retrouvai surprise devant mon épicier avec une équipe de tournage au fond du magasin. Il avait décroché le rôle principal. Lui. L'épicerie n'existe plus aujourd'hui.

Je ne m'attendais pas à voir ce quartier ouvrier se transformer si vite. J'avais loupé sa métamorphose comme si j'avais raté des épisodes de ma série préférée. La brutalité, l'anonymat des lieux avait disparu. Les extrêmes avec, était-ce un tour de magie ? L'histoire du vilain petit canard qui grandit en cygne ? J'aurai aimé pouvoir y rester plus longtemps pour en témoigner. Romain avait peur de nous laisser seuls le soir lorsqu'il voyageait. J'ai eu quelques frayeurs aussi. Des pincements de fesses et des nuisances dans la rue, avec des groupes défiant l'autorité. Cette réflexion, parmi tant d'autres, nous incita à bouger trois fois dans Londres.

En réalité, nous déménagions pour nous inscrire dans des univers que l'on voulait rassurant. On cherchait notre quartier. Notre sécurité sociale. Ce que nous avions vécu, nous tentions d'y échapper, sans le savoir. Nous étions déjà des habitués du déménagement express.

CHAPITRE 7

REGION PARISIENNE

En sortant de l'Eurostar, je cherche le visage de Romain dans la foule. Il nous attend quelque part. Jules l'aperçoit et hurle pour lui signaler notre arrivée. A travers le monde impatient, sa tête se balance de haut en bas comme un bouchon dans la mer. On se retrouve. Je touche l'épaisseur de ses cheveux, cet ornement familier sur sa tête. Dans ses bras, notre sourire revient. Nous sommes réunis et les enfants plaisantent. Nous embrayons le pas vers la voiture garée dans un parking plus loin. De nouveaux passagers envahissent l'endroit et nous avons envie de nous replier.

Sur le parvis de la Gare du Nord, mon premier regard se cristallise sur la sculpture d'Henri Texier. Inaugurée quelques mois avant notre trajet, la poésie de cet ours polaire ailé, qui rappelle les dérives du réchauffement climatique, me touche. Cet animal est menacé dans son environnement et je me suis senti fragilisée en quittant mon quartier. Tout d'un coup, j'ai imaginé Paris essayant de me dire qu'elle comprenait mes sentiments, comme elle l'a fait pour l'ours, mis en avant, là où les gens voyagent et que l'on tente de sensibiliser.

Notre location se trouve à trente minutes de Paris. Nous circulons dans la capitale afin de prendre la bretelle d'autoroute qui nous y emmène. Je suis fatiguée, mais je reste saisie par la beauté de la ville. Mes yeux se perdent dans son charme qui plaît tant aux touristes et aux parisiens. À l'arrêt au feu rouge, dans un bouchon qui n'en finit pas, je remarque une dame sur un banc. Elle semble attendre quelqu'un. Ses yeux bifurquent de gauche à droite comme une marionnette. Son rouge à lèvres et sa robe vintage à imprimé cerises ne laissent pas indifférent. J'essaye d'imaginer l'eau de toilette estivale qui compléterait sa tenue. Un homme jongle avec une pile de paquets à livrer. Certainement des repas. Il nous dépasse sur le trottoir, à pied, en évitant de tomber. Tels des acrobates, les enfants sur leur trottinette déambulent dans la rue à toute vitesse. C'est l'été. Le monde vit à l'extérieur côte à côte dans des univers parallèles. Occuper le siège passager me permet d'observer le spectacle. Chaque personne présente comme un numéro de cirque.

À la sortie de l'autoroute, les grands espaces céréaliers déferlent. Romain conduit. J'observe ses mains, elles sont identiques à celles qu'il avait en Angleterre. Il y a des choses qui ne changent pas. Tout va bien. Je scrute la vue et je cherche des animaux dans les champs. Il y a des entassements de fumiers et des chevaux tels des trophées dans leurs enclos. Bruns, poilus, sculpturaux, l'abondance de montures me fait comprendre le succès des centres équestres dans la région. Mais où sont les vaches ? Elles nous donnent tellement de leurs corps que l'on aimerait bien les voir plus dans les champs. J'ai quitté la ville. Mon choix de vivre en dehors du bruit se concrétise par la nature environnante.

Nous arrivons devant le portail de la maison. Une voisine nous attend avec un panier de figues. Je la remercie chaleureusement. Après une vague discussion, je lui explique que nous allons nous reposer. La fatigue de la journée se fait sentir. Pourtant elle n'hésite pas à nous suivre à l'intérieur. La dame aux figues ne part pas tout de suite. Elle s'invite dans notre salon. Je jette un premier coup d'œil au logis, conduite par cette inconnue qui découvre les lieux avec moi. La maison sent l'humidité. Heureuse de satisfaire son brin de curiosité, elle me parle de sa recette de marmelade en s'incrustant dans chaque pièce. Elle n'a pas l'air de comprendre que nous souhaitons découvrir la maison seuls - et que ce n'est pas le moment de me parler de ses confitures artisanales. Je décide de l'ignorer pour ne pas créer de problèmes inutiles. N'en déplaise à mes nerfs, elle continue de divaguer sur le sujet pendant que je poursuis la visite. Bientôt j'en saurai plus sur les recettes de confitures que sur mes propres passions.

Ben et Jules qui jouaient dans le jardin, montent à toute allure dans l'escalier. Ils sont déchainés. C'est la première fois que nous habitons un tel espace. La femme bavarde, à l'appétit d'espion, rebrousse enfin chemin. Secrètement, je remercie les enfants qui, sans arrière-pensée, ont agi en chien de garde.

La fin du mois de juillet nous donne l'impression de cuire comme des raviolis bouillis. Le manque d'air accentue la chaleur. Judicieusement, j'ai prévu deux semaines de vacances en Août au bord de la mer. Après notre installation sporadique, nous irons dans le Sud de la France rejoindre la famille et des amis. Je digérerai notre départ devant l'horizon en bonne compagnie. Romain viendra les week-ends. Son nouveau travail le prive de vacances. Peu importe son âge et son expérience, c'est la règle des entreprises la première année.

L'achat d'une piscine gonflable et d'un Frisbee distraient les enfants le temps de l'installation. Cette maison nous sert de tremplin pour la prochaine étape. Inutile de trop en faire. C'est un pied à terre pratique pour le moment. Je ne déballe que l'essentiel. Nous risquons de bouger à nouveau. La prochaine fois sera la bonne.

CHAPITRE 8

L'ETE ET LA MORALE

Benjamin et Jules s'entraînent à plonger dans la piscine. Ils essayent de trancher l'eau sans la faire vaciller. Imitant un sabre, ils la coupent net. Entre chaque saut, ils attendent que la surface se calme pour recommencer. Dans l'armistice de cet exercice précis, ils exécutent une série de bombes, qui trempent les adultes et nous rafraîchit. Cette ritournelle dure et me permet d'attraper les rayons du soleil. Mon corps d'une rare blancheur ressemble à un schéma anatomique. Sur mes jambes, des micro veines violettes ont explosé à cause du poids des cartons que j'ai déplacé pour mieux circuler. Elles ressortent d'autant plus que ma peau est fine et transparente, comme du papier à cigarette.

Au soleil, Benjamin ajoute tous les jours une nouvelle tache de rousseur à sa peau. Malgré la crème solaire et sa casquette, une écriture en braille à décrypter prend forme sur son visage. Jules, gringalet, traque un nid de fourmis. Il suit leur procession et pousse aussi vite qu'une tige en vacances, toujours plus haut. J'espère profiter de ce temps sans nuages, avant la rentrée des classes. J'imite le lézard pour prendre des forces.

La Méditerranée rayonne comme l'eau des piscines californiennes dans les toiles de Hockney. Les cigales font du bruit, autant que mon ventre. J'ai faim. L'appétit revient. Mes hanches vont s'arrondir. L'été, sans contraintes, me procure une parenthèse volée après cette rupture géographique. L'après-midi à la plage est calme. L'occasion de lire et de nager à perte de vue. Nous sommes treize dans la villa. Le prix est intéressant grâce au nombre de locataires, qui nous autorise ce luxe. Quelques invités de passage dans la région ponctuent le séjour de soirées animées. L'ambiance est joviale. Chacun à notre tour, nous cuisinons afin de participer aux tâches. Je m'initie à la cuisine marocaine. Des tajines onctueux mijotent au four et parfument la terrasse.

Ce soir, je suis de corvée. Je prépare un « Poulet aux citrons » à l'avance. Je préfère faire simple. Mon cousin se joint au groupe, et j'aime l'écouter parler, au lieu d'être coincée en cuisine. Une personne de plus ou de moins à table ne changera rien. Globe-trotteur, il nous raconte souvent ses voyages. Les plats défilent en bonne quantité sous le nez des convives. Nos mains les font passer en rythme, imitant les comptoirs tournants des restaurants japonais. À la lumière des bougies, les visages éclairés bavardent dans le clair- obscur. Mon cousin arbore une bonne touffe de cheveux sur le crâne. A-t-il fait pousser ses cheveux n'importe comment depuis l'année dernière ? Le doute s'installe. Je ne suis pas convaincue par son nouveau look de cinquantenaire. Sa mèche bondissante telle une vague de surf, gesticule lorsqu'il s'agite. Une virgule grise en liberté sur son front. Dandy de surcroit, le veston n'y coupe pas. Son mouchoir de poche, accessoire essentiel en période de chaleur, éponge ses gouttes de sueur.

Il commente son passage en Islande à notre table gourmande de détails. Cette plaine désolée, couleur verte vitamine, donne envie de s'y rendre. Être un Hobbit. Son récit terminé, il rumine sur l'impossibilité du voyage quand le corps ne le permet plus. Un handicap futur dont il se méfie. Il ne supporte pas de vieillir et embraye sur le sujet

— Tout se paye, tous les excès !

— Tu plaisantes ? Tu ne crois pas que la vie est une loterie ?

— Il faut toujours payer la note…

— J'ai fumé pendant quinze ans !

— Bah voilà.

Heureusement je viens d'arrêter…

Quand nous avions vingt ans, notre appartement à Paris ressemblait à un fumoir. La cigarette était le troisième locataire. La jeunesse aimait décortiquer l'actualité dans des lieux, où la fumée en nébuleuse planait au-dessus des têtes. Elle ne prêtait pas attention aux méfaits du tabac. Nous étions influencés par les années quatre-vingt. Cette époque, éprise d'ivresse, avait marqué nos mentalités inexpérimentées. On pensait que c'était ça, la vie. Et ça l'était à ce moment.

En sortant de l'adolescence, ma timidité me rongeait en société. Armée d'une cigarette à la main, je croyais la camoufler et je pensais revendiquer l'émancipation des femmes grâce à cet objet. J'imitais Hollywood à la recherche de références. La tige charbonneuse paraissait glamour dans la bouche des stars pour s'affranchir des codes classiques et encourageait ma consommation, bêtement. Aujourd'hui les médecins ont tranché. L'outrage de se démolir en public n'est plus à la mode et coûte cher à la Sécurité Sociale. Le message se diffuse en masse. Dorénavant affranchie, je goûte aux parfums autour de moi. Je découvre la qualité de mon odorat avec stupeur et je ne me compare plus aux images de publicité.

Notre invité se ressert de fromages en parlant des excès du tabac. Après quatre tranches de camembert, je lui parle du cholestérol. Un autre fléau. Il me dévisage comme si j'avais un sixième sens. Il lâche son couteau et déboutonne son veston, un peu serré, pour se mettre à l'aise. Une voix perçante surgit à l'entrée du jardin.

— Surprise les amis !

Je reconnais cette voix. C'est une amie de la famille. Chaque été, elle passe quelques jours avec nous. Elle s'aimante comme une habituée tout en étant allergique à la vie en communauté. Je ne comprends pas pourquoi elle s'inflige ce séjour qui l'épuise. J'imagine l'ambiance qui va changer. Personne n'a osé me prévenir de son passage. Je suis énervée, car tout m'échappe, également mes vacances. Elle pose ses affaires dans l'entrée et nous rejoint. Je pousse un soupir.

— J'étais dans le coin, je n'ai pas pu résister

— On se demandait si tu allais venir cette année, s'exclame mon cousin, un sourire en coin.

— Quelle idée ! J'ai toujours le temps pour vous.

Solange rit nerveusement, soulagée de nous avoir trouvés dans l'immensité de la région. Cette résidence est nichée sur une colline reculée. Coiffée d'un Borsalino sur ses cheveux bouclés, elle choisit de se fondre dans le paysage en s'asseyant à côté de mon cousin. Elle a un faible pour les hommes coquets. Ceux qui portent des maillots de bain moulants. Mon cousin a ce profil. Elle le chasse, chaque été. Un autre de ses passe-temps réside dans l'admiration des châssis des messieurs à la plage, derrière ses lunettes de soleil. En hiver, à la montagne, sa distraction consiste à visionner les files processionnaires de moniteurs de ski en tenue rouge moulante. À l'évidence, avec Solange, il faut que les tenues soient serrées. À l'ancienne. Que l'on puisse tout deviner avant de consommer. Mon cousin, engoncé dans son récit sur le corps et la santé, ferait mieux de se méfier. Etant un peu rond, son pantalon le moule, elle est en train de le scanner. Lui, ses reliefs, et sa tenue.

Parfois, je ressens une pointe de nostalgie chez elle. Veuve depuis dix ans, Solange s'accroche à l'âge auquel elle a perdu son mari. Quarante-cinq ans. Elle le fige dans les traits de son visage. Tirés au maximum, ils luisent ex aequo avec ceux du Musée Grévin. Cette transformation rebute certains hommes préférant le naturel. Souvent ceux qu'elle désire approcher. Elle ingurgite des plantes en capsule de toute sorte. Elle se gorge de crèmes « anti-âge » et d'huiles. Et glisse comme un phoque sur la banquise dans les bras de ses amants. Offrir son corps inchangé à l'autre est son offrande. Elle boit des concoctions soi-disant bonnes pour la santé et dort plus qu'il n'en faut. Cette peur de moisir contamine l'ambiance estivale. Au lieu de nous détendre, Solange nous rappelle que nos corps se fanent.

D'après mon cousin, elle aurait empaillé deux des doigts de son mari défunt sur sa cheminée. Le doigt du mariage avec son anneau et le doigt d'honneur. Ils sont montés sur des socles en métal et ont l'allure de masques tribaux. Fille de taxidermiste, elle se contente de cette naturalisation pour conserver le souvenir de son mariage.

Le dessert terminé, Solange amplifie son jeu de séduction à l'égard de mon cousin avec des mimiques grossières. Je décide de changer d'air et d'appeler Romain au téléphone. Il se passe trop de choses à table.

— Romain, Comment ça va ?

— Vous me manquez

— Tu nous manques aussi. Solange a refait surface

— Encore

— Tu ne dis rien d'autre ?

— Profites de tes vacances. Fais-le pour moi, pour tous les deux

Romain aimerait avoir des vacances. Solange ou pas. Il rêve d'être avec nous. Je raccroche, déçue. Je n'ai pas le droit de me plaindre. L'endroit est idéal pour le repos. Pourtant je me sens fragile. La beauté du paysage et mon agitation accentuent cette ambivalence. Ce déménagement physique me projette dans une sensation que j'ai déjà vécu enfant.

CHAPITRE 9

LA RENTREE

Demain les enfants démarrent leur année scolaire. C'est maintenant que l'épreuve commence. J'ai eu peur les nuits précédentes et appréhende ce saut à l'élastique. Ces sauts qui déstabilisent, je les pratique à chaque audition, pour entrevoir si l'on veut de moi ou pas. La vie est une loterie et la possibilité que les enfants soient mis à l'écart m'inquiète. Leur intégration doit fonctionner, sinon ils ne comprendront pas l'intérêt de ce déménagement. De plus je n'aurai peut- être pas les mots pour leur expliquer ce choix. Je savais que cette année serait difficile et nous y sommes.

À Londres, les garçons étaient inscrits dans une école publique, je leurs parlais anglais à la maison. De mère anglaise, ma langue maternelle a pris le dessus. Je l'endossais naturellement au quotidien. Romain passait la journée au bureau à parler anglais aussi. Cela le conditionnait à ne jamais se couper de cette langue apprise. L'anglais devint notre langue familiale au sein du foyer et en société. On n'y a pas réfléchi. Parfois on ne veut pas réfléchir à tout. La pratique du français s'effectuait surtout cn vacances, de manière ludique. Un jeu. « Un poireau, une poirotte » disait Jules lors de nos promenades dans les marchés.

Je m'étais imaginée que cette deuxième langue, viendrait se glisser avec délicatesse sur les enfants, tel un drap qui les borde au coucher. Je pensais avoir le temps, le temps de tout, de leur apprendre le français, de les préparer à ces changements qui surviennent. La réalité vint frapper à ma porte plus tôt que prévu. La démission de Romain anéantit mes projets linguistiques. Leur apprentissage, au stade de la chrysalide, devenait une montagne à escalader. J'étais toujours en train d'assimiler le choc de cette décision et tout se précipitait. Notamment les failles de mes choix d'éducation. Maîtrisant à peine les bases du français, mal équipée, je réalise que j'aurais dû les forcer à suivre le CNED. Faire l'opposé de ce que j'avais mis en place. L'épanouissement d'une famille ne se manie pas en secondes. La rudesse de mon départ m'a anesthésié, je me réveille à peine pour prendre les bonnes décisions.

L'école française est un bouleversement immédiat pour Jules. Il est à la limite des pleurs le soir au coucher et cela me fend le cœur. J'y pense toute la journée et toute la nuit. Benjamin n'a pas l'air inquiet. Il retarde sa colère face à son impuissance. C'est l'arbre qui cache la forêt. Ce n'est pas plus rassurant. Leurs racines mises de côté, qu'avaient-ils le droit de garder de cette enfance à part leurs taches de rousseur ? Ils vont se prendre de belles gifles. Je serais celle qui ramasse les taches de rousseur dispersées au sol, les miettes humaines.

Sans tarder, je décide d'entamer mes excursions pour trouver une maison à acheter. Notre location ne peut pas durer. Le sous-sol, inondé par la dernière pluie répand une odeur infecte. Une mousse verte se répand sur les murs et cet effluve me repoussent dans les étages. Je ne me sens pas chez moi. Le prix est exorbitant pour ce que c'est. Il faut que l'on quitte cet endroit transitoire pour se créer des moments agréables. Vivre normalement. L'adaptation à l'institution académique prendra du temps. À l'inverse, un ancrage pour que l'on aille bien, un lieu permettant le repli, peut s'avérer salvateur pour toute la famille.

Virginie m'attend devant une maison délabrée. Énergique, elle m'explique que la maison est dans son jus. Encore une. Il n'y a que ça dans la région. Je ne comprends pas pourquoi elle est si enjouée. Vétuste égale travaux coûteux. Et le prix des maisons est déjà cher donc hors budget pour moi. C'est la trentième visite. Nous avons pris l'habitude de discuter ouvertement. Virginie, dynamique, est passionnée par son métier :

— Il y a beaucoup de travaux à faire. Il faut envisager le potentiel de la maison, les belles surfaces. Le terrain d'à côté suscite un intérêt financier pour un constructeur immobilier.

Je prends en compte ses commentaires en découvrant l'environnement. Le voisin d'en face a tenté la démesure afin de projeter sa maison dans le futur. Sa villa se veut immense en forme d'étoile. L'architecte a créé un ovni. Le Centre Pompidou choqua ses contemporains à l'époque et trône sur Paris aujourd'hui. Cette maison figurera comme la verrue du village plus tard ou alors, elle sera reconnue comme un projet audacieux.

Virginie me propose de pousser la porte d'entrée tout de suite. Nous verrons le jardin plus tard. L'intrusion commence. Cela me rappelle des souvenirs. Toutes ces visites, enceinte. Une pression m'envahit. C'est mon rôle de nous installer et je ne peux pas le faire, si je ne trouve pas le bon endroit. Le niveau de stress monte et me donne un teint d'ivrogne. Mes joues, ainsi que mon nez irradient d'un fard rouge écarlate. J'espère que cette bouffée de chaleur est une nervosité passagère - et non la ménopause. Ce serait trop tôt. Je demande à mon corps de gérer une chose à la fois.

Je touche les murs afin de tester leur alignement et leur solidité. Je les frappe de mon poing. Un peu plus et je les démolis pour être sûre que ce n'est pas du carton-pâte que l'on me vend. Mes expériences à Londres m'incitent à la méfiance. Je découvre le hall d'entrée avec un beau chandelier, essoufflé par son poids il pend, bancal. Le salon avec des poutres en bois arbore une cheminée, digne des pressoirs de Normandie. Le carrelage de la cuisine décoré de petits pages bordeaux sur fond blanc, buvant des chopes de bières parait indécent de nos jours. Quels âges avaient ces enfants alcooliques ? Cinq ou six ans ? Et qui fut le créateur de telles images ? Quelques verres de champagne jonchent le plan de travail, une célébration d'hier fantomatique plane. Les chambres sont grandes, mais le cœur n'y est pas. J'en informe Virginie. Ce n'est pas la peine d'envisager la visite du jardin.

Nous quittons la propriété. Elle me suggère de continuer nos recherches la semaine prochaine. J'ai perdu la foi en mon projet d'installation qui se meure, et elle le sent. Trente visites et toujours rien à l'horizon. Alors pour me motiver, elle me décrit son dernier déménagement infernal qui se termina en succès. Apparemment, on finit toujours par trouver quelque chose. Nous bavardons encore un peu :

— Je cherche un tuteur pour mon fils aine

— Je connais une femme très bien si vous voulez ?

— Je cherche un homme de préférence. Ben est à cet âge où l'influence du masculin l'emporte.

Elle me parle de son fils de vingt et un ans. Il souhaite gagner un peu d'argent de poche en donnant des cours de soutien à domicile. Il a du temps de libre et doit repasser un examen universitaire cette année pour obtenir son diplôme. À la suite de cela, son but est de poursuivre son Master à l'Université d'Amsterdam.

— Cela vous intéresse ? Il peut passer la semaine prochaine si vous voulez ?

— Pourquoi pas

Faute d'avoir débusqué une maison, je pense avoir trouvé de l'aide pour Benjamin.

CHAPITRE 10

MANIFESTATION

Les enfants sont de retour. Au moment où ils franchissent le pas de la porte, je décrypte leurs comportements. Si la journée a été bonne, ils fouillent dans la cuisine et se préparent un bon goûter. Sinon ils s'allongent au sol et ne bougent plus. Depuis la rentrée, j'ai pris l'habitude de les voir étalés par terre. Pendant que Jules se confond dans le logo du tapis berbère, il me raconte la difficulté de suivre le programme. Souvent, il reste silencieux en classe. Muet. Je lui rappelle son histoire préférée à l'âge de deux ans. Peut-être qu'elle le réconfortera. Le Pingouin ne dit rien. Longtemps il absorbe les informations pour tout dire à la fin. Jules comprend ce que j'essaye de lui expliquer et enchaîne sur une bonne nouvelle : une amitié récente. Un garçon fait des efforts pour le comprendre à la récréation. Leur expérience d'être de nouveaux élèves les rapproche. Ils s'apprivoisent sans complexe. À la cantine, ils rigolent en faisant des grimaces, lorsque presque tous les lundis, le plat de pâtes bio recouvert d'une purée de brocolis surgit dans leur assiette. La barrière de la langue n'est pas un frein. Je le prends dans mes bras, je le trouve courageux.

Deux mois plus tard, Jules est un coq en pâte, lui qui se posait tant de questions. Il a séché ses larmes. Il se distingue dans ses cours par sa témérité et ne rechigne pas à fréquenter l'école primaire du village. Son instituteur lui tend la main quand il est largué. Jules développe sa confiance à vue d'œil. Quand il court le matin vers son école, j'aperçois sa motivation. Il reste vulnérable face à l'apprentissage, mais cela s'atténue au fil du temps. Jules ne veut plus parler anglais à la maison. Il répète que « Ça ne sert à rien là où l'on habite ». Je ne m'acharne pas à lui répondre en anglais pour éviter de le bousculer. J'endosse maintenant le français. La langue du territoire. Encore une erreur peut-être de ma part ! J'y prête trop attention ? De façon surprenante, il me rassure. Il ne le réalise pas, mais c'est un cadeau qu'il m'offre. Je peux l'accompagner dans sa scolarité normalement. Et non dans les difficultés et la solitude qu'imposent parfois un déracinement. Même si nous sommes arrivés d'un pays proche, le système français différent, s'apprend - et surtout se mûrit.

Benjamin a embrassé les deux premières semaines de cours allègrement. J'admire sa bonne humeur et crains le pire. Ce n'est pas normal. Il est sur une autre planète et ne semble pas comprendre la pression qui l'entoure. Je suis de plus en plus concernée. Nous avons toujours été proches, mais à son âge, je dois l'accompagner différemment. Je ne peux pas le soutenir comme lorsqu'il était plus jeune. Je dois apprendre à gérer la nouveauté qu'impose les relations parents- ados, ainsi que son intégration dont il repousse l'échéance. J'aimerais tant le consoler à la hauteur de sa bravoure. Si j'en fais trop, ce n'est pas bon non plus.

Son établissement a la taille d'une faculté. Dans la nef du collège, il cherche ses cours. Les étages sont fissurés par autant de couloirs que de places assises. Le temps de s'y retrouver, ce sera la fin de l'année. Il retient ses larmes au moment des devoirs sans faire de bruit. Le nombre de leçons à assimiler, en plus de l'apprentissage de la langue est conséquent. C'est la première fois qu'il se sent nul. Ses larmes ont le goût de l'eau salée, comme la Manche qu'il a traversé à notre départ, d'un pas si léger pourtant. Mon intuition ne m'avait pas trompée. Mon aine, ce voyageur alerte, ce garçon souriant s'écroulait après les autres. Avec d'autant plus de violence qu'il avait mis tout son cœur dans ce périple.

Tout est parti en vrille. Le premier trimestre, les bagarres font partie de sa routine. Il se fait harceler régulièrement. Certains élèves se moquent de son français et de ses taches de rousseur. Que cachent ces moqueries ? Il ne veut pas s'investir et lit à peine ses cours. Je rage de frustrations. Je fais de mon mieux pour l'aider. Cependant je ne peux pas me substituer. Impuissante, je ne le laisserai pas tomber.

Le soir, j'allume la télévision afin de regarder le journal de vingt heures. Les nouvelles montrent une manifestation qui tourne mal. Les journalistes ont accouru sur place, leurs micros volent comme des confettis à un mariage. On est en « Live ». Dans la bousculade, une jeune professionnelle perd ses lunettes dans la rue, elles se font aplatir sous le rouleau compresseur des poubelles qui volent. Les jeunes construisent une barricade. Ils sont en colère et réclament une place dans la société. Une poubelle flambe dans l'arrière-plan. La scène ressemble à un film de guerre médiévale. Ce cafouillage soulève un voile de poussière de fumée et de pollution donnant l'effet d'un filtre de caméra qui floute la pellicule. Des corps se jettent en l'air pour retomber sur le bitume. Une dispute a éclaté. Benjamin regarde le reportage avec nous :

— Moi aussi je suis en colère !

Je me tourne vers lui, il est clairement stimulé par la manifestation. Je comprends. L'aventure n'est pas drôle comme il l'avait envisagé. Lui aussi veut rugir.

Pour tenter de le réconcilier avec sa scolarité, nous acceptons d'accueillir un chien, son rêve. De couleur grise, d'origine allemande, entre notre vécu en France et en Angleterre, il ne me restait plus qu'à prendre un amant italien pour tourner un remake de « l'Auberge espagnole » pour quarantenaire déraciné. Jules adore les animaux aussi, le bonheur sera partagé. Ben et Jules l'appellent « Pumba », car il a l'air d'un phacochère. Au trot dans l'herbe, ses pattes font le mouvement rythmique d'une aiguille de machine à coudre. Quand il joue, il grogne comme un porc. Il n'y a qu'au galop que l'on dirait un poney. « Pumba» se fond impeccablement dans notre famille et calme Ben. Grâce à lui, Ben accepte de suivre les cours de rattrapage que je lui conseille. William arrive en renfort.

Suite à deux rendez-vous avec la direction du Collège qui n'ont rien changé, je commence à envisager de le transférer ailleurs. L'institution se protège et a baissé les bras face à l'intimidation d'un groupe d'élèves. L'année prochaine, Ben déménagera à nouveau. Une habitude maintenant.

CHAPITRE 11

LE COLLEGE

Dans trente minutes, Benjamin aura son premier cours de soutien. Il est un peu agité. À Londres, autonome, il n'en avait jamais eu besoin. Je lui demande de préparer ses affaires en avance. Nous avons improvisé un bureau dans sa chambre avec une planche en bois sur deux tréteaux trouvés dans le garage de la maison. Cela fera l'affaire, il nous manque des meubles pour l'instant.

Benjamin s'applique à sortir son classeur, recouvert de dessins de sa génération. Sa trousse revêt un joli motif de vagues au Tipex. Il fouille au fond pour trouver un stylo qui marche. Le crayon papier a disparu, Ben l'a taillé à son maximum. Son taille-crayon défoncé imite une sculpture pointue. Sa pochette en plastique irradie de couleurs vives grâce à des autocollants. Je constate qu'il a décoré l'intégralité de son matériel jusqu'à sa calculatrice. Il semble effectuer beaucoup de graphismes méticuleux en cours. L'adolescence de Ben me touche pour ces raisons. Les priorités sont différentes de celles imposées par la société. Souvent, je ralentis devant les collèges pour y jeter un œil et je plonge inexorablement en réminiscence. Cet intervalle de la vie est loin, mais je m'en souviens. Je l'ai trimballé comme un fardeau avant de pouvoir m'en défaire tardivement. J'espère tellement que mon fils puisse vivre ce moment comme un espace de liberté, de construction.

Début décembre, Benjamin sort plus tôt que prévu un jeudi. Ce jour-là, je rentre en voiture d'un rendez-vous et je décide à l'improviste d'aller le chercher. En prenant la route qui coupe la plaine, juste avant son Collège, je remarque que le bosquet au milieu est glacé. Le profil des arbres a l'apparence d'un squelette comme le corail qui blanchit lorsque les algues s'en vont. J'arrive finalement sur le parking du Collège avec dix minutes d'avance. En attendant Ben, je regarde un groupe de jeunes à la sortie de l'établissement et me demande si la fille au regard confus se porte bien. Et si les autres, qui ressemblent à des femmes avant l'âge, ne se sont pas perdues dans les images exagérées des réseaux sociaux. Un spectacle de féminité se déploie dans la cour, derrière les grilles. Ce n'est pas étonnant que les surveillants aient du mal à reconnaître certaines mères de leurs filles. La panoplie de la femme fatale est mise en route avant l'obtention du permis de conduire. En général, ces corps ondulés enveloppent des esprits juvéniles, d'où la délicatesse de cette période.

Chaque tranche de l'existence me semble vulnérable. Celle du nourrisson, de l'enfant explorateur, de l'adolescent en pleine mutation, du trentenaire en conflit avec sa direction, du quarantenaire en crise, du cinquantenaire toujours en crise, du sexagénaire perdu après une vie de travail, jusqu'à la personne âgée rétrécie dans les mouvements de son corps.

Benjamin se prépare une menthe à l'eau. Une découverte gustative française qu'il aime. Il a mis trop de sirop au fond du verre. Il faut bien connaître cette boisson verte pour savoir la doser. Frénétique, il cherche autre chose dans les placards de la cuisine.

Je lui demande

— Madame Le Moulin vous a donné beaucoup de devoirs ?

— Pas mal

— Tu verras çà avec William ?

— Je ne sais pas maman !

Il s'énerve un peu. Une bouffée de testostérone est passée par là. Il ne trouve pas le saucisson. La frustration a pris le dessus. Il était sûr qu'il en restait. Surtout, il sait que le travail de remise à niveau sera long et qu'il va devoir s'armer de patience. Lui qui était bon élève à Londres change de statut, il a besoin d'aide. Son ton de voix agacé l'exprime. Il cherche encore, le petit bout de saucisson réapparait, Ben a la qualité d'être résilient, même face au saucisson.

Le goûtant, il me raconte son habitude de regarder à l'extérieur lorsqu'il s'ennuie en classe. Il m'avoue chercher les petits oiseaux par la fenêtre et se grille en public. Odile le Moulin n'hésite pas à l'interroger. Même s'il se sent différent de par sa double culture, il ne peut pas se la couler douce avec elle. C'est la seule qui s'intéresse à ses progrès. Cette professeur ne l'a pas mis au monde, mais elle connait ce comportement par cœur. Celui de l'élève qui risque de s'exclure s'il n'est pas accompagné. Odile le repêche régulièrement du grand bain du renoncement. Elle s'écrase sur le bord de son bureau, et l'interroge dès le matin avec un arsenal de questions. Elle ne cherche pas à le dégoûter, elle veut lui donner une chance de réaliser son potentiel. Elle a peur qu'il s'endorme. Son insistance commence à marquer des points. En dépit de son attirance pour le panorama, Benjamin sait de quoi parlent ses cours. C'est nouveau. Il me dit de ne pas m'inquiéter :

— Tu n'auras pas d'autres surprises cette année ! La situation ne peut pas être pire.

Comment Odile le Moulin reste motivée ? D'après ce que j'ai compris, la classe est dissipée et avec Ben qui lutte en Français, la situation doit être rocambolesque. La professeur essaye d'être optimiste. Sa fatigue s'incruste petit à petit sans qu'elle puisse la contrôler. Malheureusement, fin juin, démoralisée, ses cernes couleront le long de ses joues. Son visage épousera l'effet de la gravité. L'effort constant d'enseigner à une classe perturbante l'aura mise K.O. Comme le poulpe qui meure épuisé après l'éclosion de ses œufs, Odile le Moulin emmènera ses élèves jusqu'à la fin du programme, Benjamin y compris. Puis elle prendra une année sabbatique pour se remettre de cette longue bousculade dans le temps. Elle cherchera du réconfort dans un voyage thérapeutique avec son mari. Par exemple une croisière sur le Nil ou un road trip dans l'Arizona, où les couchers de soleil vous percutent de nuances orangées et vous donnent bonne mine. Son énergie ne sera pas renouvelable. Elle ne le sait pas encore.

CHAPITRE 12

LE TUTEUR

William arrive à la porte. Je lui ouvre avec le chien qui aboie, un vrai disque rayé. Je m'efforce de l'accueillir. Le chien est si bruyant, je ne peux pas en placer une. Nos regards se fixent. Je suis embarrassée, William ressemble à Romain. Romain jeune. Une réincarnation. Mon type de mec. Le chien se calme. Je peux le saluer d'un « Bonjour » et faire connaissance. Je remarque que Romain et William ont les cheveux de texture similaire. La même pilosité. Leurs traits de visage sont presque identiques. Leurs expressions aussi. Je me permets de scanner les quelques sourires timides que j'aperçois. Les yeux en amande de William se plissent jusqu'à l'extinction de la pupille. Romain a cette habitude également. Ils font tous les deux un mètre quatre-vingt-dix. Je connais cet homme ? Forcément. Est-ce le même avec qui je fais ma vie avec vingt kilos en moins ? Ce trouble me fait déraper. J'ai l'impression de revoir mon homme vingt ans en arrière. C'est la règle des vingt. Vingt kilos, vingt ans. Je suis séduite malgré moi. Benjamin accourt pour se présenter. Le duo se serre la main, plaisante un peu et monte à l'étage démarrer le cours. Ils ont l'air d'accrocher. Tant mieux. Tant mieux pour qui ?

J'entends William qui interroge Benjamin sur ses impasses scolaires et les embrouilles. Avant d'attaquer le cours, ils bavardent. En captant des fragments de leur conversation, je me rappelle ma classe de quatrième « sage comme une image ». Contrairement à celle de Ben où les distractions fusent. En

Français, on étudiait Cyrano de Bergerac, cette histoire me dépassait. Pourquoi Cyrano, épris de Roxane, n'eut pas le courage de lui dire après la mort de Christian ? Roxane aurait peut-être aimé connaitre la vérité ? S'enfermer dans un cloître, vivre en étant privée d'amour ou avoir connaissance d'un beau sentiment ? À quatorze ans, le choix me paraissait évident. Cet abruti de Cyrano a préféré l'amitié à l'amour. Il n'était évidemment pas anglais. Shakespeare ne s'embêtait pas avec l'amitié, lui. Ou alors je n'ai pas lu toutes ses pièces.

Je luttais avec les contradictions de Cyrano. Plus encore en Maths. Je ne peux pas l'avouer à Benjamin. Le risque serait qu'il imagine une hérédité familiale dans ce domaine. William pourra aider Benjamin là ou je ne peux transmettre. Je m'en souviens comme si c'était hier. Lorsque ma professeur de Maths me questionnait, un tourbillon m'envahissait. J'essayais de créer une distance entre elle et moi. Mes lunettes épaisses étaient mon outil de prédilection à cet effet. Une protection virtuelle. Je ne les enlevais jamais au Collège. La matière du verre, un opercule sur mes yeux, me donnait l'impression d'être cachée, de pouvoir me taire. Fuir mon adversaire à tous prix, la question prédatrice. Les coccinelles ont la même technique pour éviter l'ennemi. Elles se mettent sur le dos et font les mortes. Puis, elles repartent quand le danger a disparu. Avec mon silence, sans bouger, la classe finissait par oublier l'origine du malaise et j'attendais que ça passe.

Lors des devoirs, en étude, je ne comprenais toujours pas la leçon du matin. Ni celle de la vieille. Rien à faire. Sans explication pour déchiffrer ces connaissances techniques, je lisais les consignes qui disparaissaient à leur lecture comme l'eau de javel dissout les bactéries. Au moment de rentrer, j'avais tous mes devoirs à recommencer. Il me semblait étudier vingt-quatre heures sur vingt-quatre les Mathématiques sans rien assimiler ! Je devins une championne de l'évasion dans ma classe sinon mes journées seraient sans fin. La saveur de la découverte me quitta. Cette matière me collait à la peau et me tourmentait. Le sommeil était ma fuite jusqu'au lendemain répétitif.

Heureusement, il y avait d'autres matières qui me permettaient de souffler. Ainsi que mon amie Elise, complice, dans le bus, elle me soulageait en partageant les réponses. Généreuse, elle ne souffrait pas de ce problème de dyscalculie et de logique. Je copiais bêtement les exercices et travaillais d'arrache-pied tout le reste pour faire oublier ce handicap. Ce qui est certain, c'est que Ben n'a pas besoin que je vienne amplifier son tracas avec le mien. Chacun son problème. Il est mieux entouré avec William.

J'entends du mouvement à l'étage. Benjamin sort de sa chambre, sourire aux lèvres. Le cours c'est bien déroulé. William m'explique les quelques difficultés qu'il a identifiées. Apparemment c'est facilement rattrapable. Il faut juste y consacrer du temps. Je l'écoute. Attentive. Il me propose de venir trois fois par semaine pendant une heure trente. J'accepte.

William vient maintenant depuis un mois. Les notes de Benjamin n'ont pas évolué. En revanche, il gagne en assurance et participe en classe. Ses professeurs l'encouragent dans cette direction. Il tâtonne, progresse et porte des vêtements adaptés à son Collège pour passer inaperçu. Un look sportif. Un uniforme sans en être un. A une occasion, il avait enfilé une chemise bûcheron au-dessus d'un t-shirt et fut insulté de propos homophobes. Romain et moi n'avons pas compris le rapport avec la choucroute.

En Angleterre, les enfants portaient l'uniforme, nous y étions habitués. Ici, ils s'habillent en civil avec des codes invisibles à respecter. La question de l'uniforme me fait penser à un livre que j'aimais feuilleter avant le déménagement. Il doit être rangé quelque part dans un de mes cartons. La page de garde montre neuf portaits ébauchés des gardiens de la National Gallery. En uniforme bleu, leur tête au crayon est l'unique élément qui les différencie de la masse colorée. Leur tenue crée un sentiment d'appartenance et leurs personnalités sont sauvegardées dans leurs visages comme sur un disque dur. Benjamin et Jules se distinguaient de cette façon à Londres. À présent, l'ensemble du corps est pris en compte et ils n'ont jamais eu une garde-robe de cette ampleur.

Trois mois plus tard, Ben change encore. Les débuts difficiles, qu'impose un déménagement, se font moins sentir. Il a délaissé sa méfiance et parle d'un garçon avec lequel il traîne à la récréation. Cette rencontre lui permet de garder la tête hors de l'eau. L'année prochaine, quoi qu'il arrive, il changera d'établissement, le dossier est déjà en route. En dépit de cette rentrée scolaire catastrophique, Romain lui fait confiance. Dans son histoire, il a eu à conquérir des libertés et croit en la capacité d'adaptation de ses enfants.

Quand William arrive dans sa tenue élégante, un long manteau noir, cela le vieillit. Il ressemble à un avocat. On attend Benjamin qui n'est toujours pas rentré. Alors nous discutons. Etonnamment, c'est l'unique personne qui me pose des questions et souhaite en savoir plus. En premier, il me demande où j'ai habité à Londres. Je lui réponds

— Dans un appartement de fonction sur les Docks

— C'est pas très sexy !

Il se moque gentiment.

— J'étais enceinte de Benjamin, je cherchais un endroit où vivre

— Vous avez trouvé ?

— Au bout d'un mois

— Que faisiez-vous le reste du temps ?

— Je réfléchissais

C'était le cas. L'appartement n'avait ni radio, ni télévision, et je n'avais pas de « smartphone» à l'époque. Sans mes affaires, mon travail, mes amis, ma famille, sans quartier, je regardais le plafond, étendue sur le lit. Les prisonniers le font aussi. Ils comptent le temps entre les secondes. Parfois je m'allongeais sur le plan de travail de la cuisine pour varier. J'imaginais que j'étais une pièce montée. J'inventais des scènes de nature morte avec mon gros bidon pour faire passer le temps. Mon enfant poussait dans mon corps fertile, parallèlement, je vivais dans un lieu stérile. Ces deux espaces étaient aux antipodes. Je ne m'attendais pas à un tel isolement. Je vécus la fin de ma grossesse en autarcie. Mon amour de future mère, attentive à la vie intérieure, me stimulait et je refusais, tant bien que mal, la tentation d'être morose. Je décidais de me renforcer pour donner la vie. Mon ventre lisse, tenait en équilibre comme un rocher sur une falaise, perpendiculaire à mon corps. Etirée au maximum, j'évitais de tomber.

Il y a des années que je n'ai pas pensé à ma trentaine. La curiosité de William me rend perplexe. Il est gourmand de détails. Ma vie décousue l'intéresse. Il ne calcule pas les vingt années qui nous séparent. D'une manière surprenante, il est à l'aise avec le sujet de la maternité. Je pensais que cela faisait fuir les jeunes hommes. Pas lui. Sa disponibilité me donne le sentiment de pouvoir m'étaler oralement et physiquement. À cet instant, j'ai envie de le prendre dans mes bras et d'être dans les siens. J'oublie que c'est lui devant moi. Je me laisse aller à la confession comme si je parlais à Romain. William me console en tendant l'oreille. Je lui raconte cette grossesse vécue sans partage dans une ville que je ne connaissais pas. Romain, pris dans le tourbillon de sa carrière, kidnappé dans sa plénitude, débordé. Personne ne m'avait jamais permis d'exprimer cette phase ambiguë, où s'entremêlent le bonheur de devenir mère et la solitude du déplacement. Ce tabou autour de la maternité règne de surcroît. Ma mère s'était sentie isolée elle aussi, coupée de sa famille à ma naissance, et estimait normal que je vive la même chose. Elle me priva de soutien par mimétisme. C'est ainsi que je me retrouvai grosse d'un bébé et de chagrins enfouis. La découverte de mon enfant finit par transformer ces épreuves en expériences. Et cet attachement prit toute la place dans mes souvenirs. En osant revisiter cette période délicate avec William, je libère ma parole. Je n'avais pas réalisé que j'en avais tant besoin.

Déconcentrée, je ne lui propose pas de prendre le manteau qu'il a enlevé. Il se met à l'aise et le place sous son bras. Je remarque son ventre plat et la jeunesse de son corps, nerveux. Je ne suis pas nostalgique de la plastique endurante de Romain qui s'est arrondi avec l'âge. Malgré quelques rondeurs, la douceur de son visage me convient. La carrure de son corps me fait sentir en sécurité et chez moi. Sans comprendre, je ne peux pas m'empêcher d'observer ces différences physiques. Notre trentaine a été envahie de défis, d'épreuves, et le temps a filé sans interruption. D'une traite. Ensuite dans la précipitation du déménagement, j'ai oublié de réaliser où nous en sommes. Pourtant Romain et moi sommes quasiment à la moitié de notre vie.

Benjamin arrive en courant, il s'excuse, essoufflé. Le professeur de SVT l'a gardé après la classe pour faire un bilan. C'est positif, Ben a eu sa première bonne note du trimestre et son professeur souhaitait l'encourager. Les choses commencent à se mettre en place. Les cours de William l'aident vraiment. Vite, ils montent dans l'escalier. Ils se dépêchent de commencer la séance de Maths. De dos, j'ai l'impression de voir deux jeunes hommes, deux amis, pas un professeur et son élève.

J'entends la moto de Romain qui vrombit. Il revient tôt. Cela n'est pas arrivé depuis longtemps. Il sait quand revenir. On dirait un radar. À la fin du cours, William est devant Romain. Benjamin, au milieu. Ils ne s'étaient jamais rencontrés. Nez à nez, ils discutent poliment. Je n'aime pas les voir ensemble. C'est une vision perturbante. Au ralenti, j'observe ces êtres miroirs, à des âges différents.

CHAPITRE 13

L'ILE

L'hiver est passé lentement. Nous voilà en avril. Depuis quelques jours, Jules me confectionne des bouquets de fleurs avec ce qu'il trouve dans le jardin. De jolis mélis-mélos. Heureusement qu'il s'adonne à cette activité, car c'est l'unique décoration dans cette maison de location. Nos cartons attendent toujours d'être déballés. Seuls nos vêtements et la moitié de la vaisselle ont trouvé refuge dans les placards. Je n'ai pas fait l'effort de déballer le reste depuis le mois de juillet. J'attends toujours le prochain déménagement.

Dans sa voiture, Virginie me conduit plus loin que prévu. Elle pense avoir trouvé la maison qui nous conviendrait. Quand elle m'évoque cette visite au téléphone, la veille, elle ne précise pas l'adresse. C'est à la dernière minute que je découvre les lieux. Virginie ne le sait pas, mais c'est celui de mon enfance. Je revois ce village passant, où le centre-ville n'existe pas - et les années qui passent n'abîment en rien son caractère ancien. L'endroit ressemble à un village pittoresque de Bourgogne. Arrivée devant la maison, en face de mon ancienne école primaire, je voyage dans le temps. À ce moment, il est hors de question que je craque pour une maison située là où j'ai grandi, où je me suis sentie perdue. Virginie sourit, sûre d'elle. Elle place ses lunettes de soleil sur sa tête alors qu'elle ouvre la porte. Ses gestes précieux soulignent une confiance sans pareille. À force de balancer ses cheveux avec vitalité, on dirait qu'elle tourne une publicité pour un shampoing. Elle ne calcule pas mon trouble et pense que c'est gagné. À l'intérieur, c'est ouvert, lumineux. Un « open space ». Les baies vitrées laissent le jardin et le salon se toucher sans fracture. Cette continuité dans l'espace m'attire. Le jardin n'a pas été dompté par les mains de l'homme. Romain adorera y apposer sa touche personnelle. Le béton au sol brille avec force. Je veux lui dire que j'ai un coup de foudre immédiat. Je me sens tout de suite reliée à l'intérieur de cette maison. Mais je ne le fais pas. Je refuse d'habiter proche de mon histoire passée. En sortant de la visite, pour ne pas la décevoir, je lui promets d'y réfléchir. Elle est convaincue que nous serions bien. Plus que moi. Cela fait presqu'un an que nous sommes en transit. J'aimerais effectivement m'installer. Romain et moi partons en week-end début juin. Si rien n'a changé d'ici là, je lui parlerai de « la maison à côté de mon école ».

C'est rare que nous profitions d'un moment ensemble. Juin est arrivé au galop. Le bonheur de se rendre, où le temps existe entre parenthèses, me ravit. Durant ces trois jours, aucun chronomètre ne légifèrera les heures de la journée. Le plaisir de se construire un emploi du temps (ou pas), frisera le sentiment de liberté, une échappée belle, ce terme porte bien son nom. Romain ne cherche pas l'originalité d'une évasion, il veut se rapprocher de la quiétude. Un endroit loin de tout. Un lieu préhistorique. Il a choisi une destination atypique. Une île naturiste. À sa place, je n'aurai pas opté pour ce choix. Cependant, le plaisir d'une baignade déshabillée m'incite à être ouverte d'esprit. J'ai conscience de l'effort à fournir : faire tomber le textile. L'ambiance décalée m'effraie un peu. Se retrouver nus, en tribu dans un même endroit, une île sans fuite, n'est-ce-pas un point de vue futuriste à supporter visuellement ? Ou ultraréaliste ? Vais-je m'épanouir dans ce contexte ? J'ai du mal à me projeter. Alors pour ne pas mourir bête, je décide que l'expérience me servira d'une façon ou d'une autre. Par amour, je joue le jeu. Romain à l'air enchanté. Parfois, il adore s'affranchir des codes de la société classique et disparaître au bout du monde. J'adore lui faire plaisir, tout en réalisant que le corps des femmes n'est plus un terrain vague et libre où la société n'aurait pas incrusté ses principes et ses valeurs.

Nous prenons un bateau pour accéder à l›île. La vitesse de l'engin mélangée à la brise matinale ressentie sur le bateau me pousse à rester habillée chaudement. Dès l'arrivée, la possibilité de se mouvoir en tenue légère ou nue est offerte. Pour l'instant, avec toutes les couches de mes vêtements superposés, la chaleur, désormais omniprésente, se ressent brusquement. Tels les pétales d'une rose fatiguée qui tombent au sol, j'épluche tranquillement mon ensemble pour n'être plus qu'en maillot de bain. De mes cheveux, mon foulard tombe aussi. Les seuls véritables vêtements sur l'île sont les poils et ils sont rares. L'endroit est sauvage. Lagons, petites criques, villages bohèmes, cactus. Les gens bronzent au soleil, lisent, marchent le long des sentiers pédestres. Il y a peu de monde. Est-ce-que cette île a été la convoitise de pays en guerre dans le passé ? J'ai des doutes. Elle est minuscule et ressemble à un caillou pour des iguanes. Depuis que je suis ici, la civilisation est discrète. Je me mets alors au diapason de l'ambiance simple ressentie ici. Après avoir déposé nos sacs dans la chambre de l'hôtel, nous allons vers la seule plage existante. J'ai remplacé mon maillot par un paréo au tissu arabesque, facile à manipuler. Au début je le garde tel une deuxième peau. Puis, au fil des heures, je me réduis à un corps dépouillé, similaire au rocher de l›île où je me tiens.

L'idée que je suis mortelle, un paquet d'os revêtu d'un film épidermique, avec une date de péremption, m'encourage à profiter des éléments. Romain a tout enlevé d'un coup. Pas gêné, il s'aventure le sexe à l'air libre. Heureux de se confondre dans les bras de Mère Nature. Quand il peut goûter à un moment de répit, j'ai l'impression qu'il profite d'une liberté provisoire. Les pores de sa peau avalent l'oxygène, affichant sur son visage une fraîcheur retrouvée, telle une luciole émettant de la lumière à la tombée de la nuit. Peu de gens le connaissent ainsi. Peu de gens ont la curiosité de s'intéresser à cet aspect de sa personnalité qui me fascine. Nous marchons sur un sentier étroit tout en haut de l'île. En jetant un œil entre les rochers vers le bas, j'aperçois des veines blanches et fines formant une dentelle à la surface de l'eau. L'écume ressemble à une crépine, à un filet posé là pour maintenir la mer proche de la falaise et éviter qu'elle ne l'abandonne.

Après trente minutes, je constate que les couples que nous croisons sont tous des hommes. Les couples et les célibataires se sont donnés rendez-vous à la plage. Quand il se pose sur le sable, Romain est admiré dans toute sa splendeur. Le week-end que nous avons choisi pour nous évader doit être une date clé pour la communauté homosexuelle. Une fête incontournable. Nous ne le savions pas. Finalement je ne me sens pas à ma place avec mon sexe de femme. Où sont-elles cachées, les autres comme moi ? Les femmes libres aux seins nus. Dans sa naïveté d'être en osmose dans le nature, Romain ignore qu'il attire les regards. Tous se portent sur lui et il ne le réalise pas et ne sent même pas mon malaise. Il profite de la beauté de l'environnement. L'amour, le désir, la nature c'est beau, cependant je me sens de trop. Sans explication, je décide d'aller ailleurs sur l'île. Romain me suit calme et inconscient. Le lendemain, différents couples arrivent. À ce moment, je me fonds dans le décor. Je suis nue parmi la nudité des autres de manière indifférenciée. Sur l'île, je m'oublie et vis à la manière d'une plante, en me nourrissant de lumière, d'UV, d'eau. La mer glisse sur mon corps et désengorge ma tension.

Durant la dernière baignade du séjour, Romain observe les poissons. L'eau est fraîche, elle n'a pas encore bien chauffé, mais le bonheur de se tremper prend le dessus. Il peut regarder ces animaux à sang froid pendant des heures. Il rêvait d'être ichtyologiste. Désintéressée par ce cinéma, je reste dans l'eau et goûte à la sensation de nager. Je me sens bien. J'aperçois le soleil qui resplendit encore à sept heures du soir. Le bleu du ciel est aussi limpide que celui des criques. Je me perds un instant dans ce dégradé. Une question d'enfant resurgit. Pourquoi avons-nous une attirance pour les eaux transparentes ? Est-ce parce que les eaux claires nous rappellent l'immensité de l'azur intouchable ? Quel enfant ne se demande pas, de quelle matière est fait le ciel ? Je n'étais peut-être pas la seule de ma classe à me poser ce genre de questions. Après tout, certains adultes parcourent des kilomètres à la recherche d'un lieu ayant l'allure d'une rêverie, où s'entremêlent les éléments.

Depuis ce caillou planté au milieu de la mer, on distingue les collines du sud. Au coucher du soleil, nous buvons un verre à l'hôtel devant une vue délirante. Le découpage du paysage est net. Sur un fond d'éden se déclinant du rouille au safran, à la mangue, au rose bonbon jusqu'au jaune lune de miel, la nature est bouleversante. Enchantée, l'envie soudaine de décrire la maison à Romain me titille. J'ai envie de le sonder sur le sujet

— Elle est lumineuse, elle nous conviendrait, je pense…

— C'est-ce que nous cherchons ?

— Oui

— À notre retour, nous pourrions la visiter ?

— Ce n'est pas une bonne idée

— Pourquoi ?

— Elle est en face de mon ancienne école

— Et alors ?

— J'ai de mauvais souvenirs

— Je sais, je comprends

— Ce serait bizarre d'habiter à côté

—- Pas forcément, tu n'es plus la même

— Je n'arrive pas à me la sortir de la tête !

— Peut-être que tu es revenue pour ça

— Tu penses ?

Romain a parfois des réponses qui me laissent pantoise. Pendant cette parenthèse sur l'île, une proximité tranquille nous unit. Nous avions enchainé les obligations face à ce déménagement express et cet espace-temps nous permet de revenir apaisés. De profiter d'un moment agréable. À notre retour, nous insufflons de la légèreté à la maison. Les jeux reprennent. Les blagues pourries, les câlins. Le travail. Le chien trouant les chaussettes de sport. La vie en renaissance, les traits d'une nouvelle histoire de vie germent doucement. Je sais que nous allons visiter la maison ensemble.

CHAPITRE 14

LES DEVOIRS

Benjamin me passe un coup de fil avec son portable. Son ton de voix est tendu. Cela à l'air urgent. Inquiète, je sors de la pharmacie pour prendre l'appel et je tends l'oreille. « Ça va ? Tu t'es fait mal, qu'est-il arrivé ? » Parfois Ben m'appelle à midi ou à la sortie des cours quand il a eu un accident ou une chute. Parfois c'est le collège. Ces appels interrompent mes journées. Je croise les doigts. J'espère qu'il n'a rien. Ben s'est déjà bagarré en début d'année et il avait fini aux urgences. Tout ça pour une bouteille en plastique qu'il avait refusé de donner. Il avait préféré garder son eau pour la boire au lieu de l'utiliser pour éclabousser les gens. La personne s'était sentie vexée et son coude avait fini plâtré.

Lorsque c'est l'école de Jules qui me contacte, je me prépare aussi au choc. Il est plus jeune, mais pas mal non plus dans son genre. Je connais tout le processus : l'infirmière, l'appel qu'elle donne au Samu, « Vous pouvez le récupérer, mais attention au vomi, s'il vomit c'est grave »….Les bleus aux genoux et les égratignures sur les mains, une tête un peu blafarde. Lors de sa dernière chute, il y eut tout de même une nouvelle coquetterie dans l'esthétisme de ses blessures : une cicatrice sous son œil qui me rappelle le capitaine Albator en personne.

Je me demande si ces accidents n'arrivent qu'à mes deux

garçons. Si je m'en tiens à mon expérience, les enfants aiment foncer dans les murs des écoles, se faire des croches-pattes, courir à toute vitesse comme si leur vie en dépendait, au point de trébucher contre un caillou et se cogner aux autres, s'aplatir au sol pour se dégommer à cause d'une bille ou d'une carte Pokémon.

Benjamin m'assure que tout va bien. Il est juste pressé. Il souhaite me prévenir qu'il a invité une fille de sa classe chez nous, maintenant. C›était totalement inattendu. Mais ils doivent faire une présentation en musique pour demain. Sinon ils auront un zéro. Un zéro qui ferait baisser la moyenne, ce serait dommage ! Ben n'avait pas osé proposer à Lucie de travailler en dehors des cours auparavant. Alors, quand elle a pris les devants pour s'organiser aujourd'hui, il a dit oui. Il ne peut pas rester longtemps au téléphone avec moi. Le risque serait de paraître ridicule aux yeux de Lucie. Sans qu'il m'en dise plus, je saisis l'importance de ne pas créer de problèmes. Benjamin a mis du temps à s'intégrer. Il est venu d'un autre pays. Le thème de leur présentation est Mc Solar. Il ne connaît pas encore ses textes. Une collaboration lui donnera confiance. Le rendez-vous tombe à brûle-pourpoint, j'accepte que le programme soit chamboulé.

Ben est installé avec Lucie à l'étage. Ils rigolent et papotent. La musique bat son plein. J'imagine que la présentation est en train de progresser. Je n'entends pas le gribouillis des stylos pour l'instant. Mais ils semblent débattre sur le sujet avant d'écrire. Les paroles du rappeur enseignent un français poétique. Décortiquer les jeux de mots et les nuances subtiles du langage doit nécessiter un temps de réflexion.

Une heure après le concert de musique de chambre, Ben et Lucie se dirigent vers la cuisine pour boire quelque chose. Je suis en train de ranger les courses alimentaires, répétant un texte en silence en faisant cuire des steaks dans une poêle. Je jongle, c'est tout un art !

Ben prend les verres dans le placard pendant que Lucie cherche le jus d'orange. C'est étrange, ils se connaissent à peine.

Cependant on dirait qu'ils ont fait ça toute leur vie ensemble. Je pensais que Ben serait plus timide que ça. Quand elle ouvre la porte du frigo, je constate que Lucie a de nombreux bracelets à son poignet. Son ossature est fine. Ses mains sont petites. Elle se ronge le pouce, mais pas les autres doigts. Il doit s'agir d'un tic ou d'un effet de style. Je ne fais pas exprès de l'examiner. Regarder les personnes, leurs comportements, fait partie de ce que je suis censée faire pour construire un personnage. C'est une déformation professionnelle. Je ne peux pas m'empêcher d'observer mon entourage. Je vois la chair de poule sur les bras de Lucie. Son duvet se dresse, hirsute, comme s'il était un poteau de corner. Elle a froid. Elle a oublié son pull sur sa taille. À ce moment, j'avais omis que William devait passer également. Cela m'était sorti de la tête. L'horaire du cours avait été changé. Secrétaire de la famille, j'excelle dans ce rôle d'organisation des plannings et des urgences comme je m'y perds parfois.

CHAPITRE 15

LE FOLKLORE

Lorsque William sonne à la porte, je sursaute. J'ai toujours deux adolescents dans la cuisine et un tas de courses à ranger, Mc Solar diffusé sur mon ancien ghettoblaster à l'étage et des steaks crépitants dans une poêle. Je cherche aussi le nom d'un casting pour une publicité, écrite sur un bout de papier, dont je dois repérer l'adresse pour le lendemain. Jules ouvre la porte à William. Le chien lui saute dessus comme s'il était un ami de la famille. Son odeur lui est dorénavant familière. J'aimerais que Pumba soit moins démonstratif. Cet animal déborde d'enthousiasme. Chaque personne qui traverse la maison doit le reconnaître et l'aimer. Ce n'est pas le cas pour tout le monde. Et le chien, qui aime se frotter le long des pantalons et roucouler, fait payer à quiconque un manque d'intérêt pour son spectacle, en aboyant. J'explique à William la situation. Il y a eu un cafouillage dans l'organisation. Il n'est pas gêné et me propose de reporter le cours à demain. Finalement, ce n'est pas plus mal, il a l'anniversaire d'un ami à fêter.

Comme il n'y a pas de salon confortable dans notre location, nous restons debout dans l'entrée pour reprogrammer le cours. William n'est pas dérangé par tout le bazar autour de nous. En parlant du planning de la semaine, il bifurque un instant dans une conversation personnelle. Il me raconte une anecdote sur sa bande d'amis. J'aimerais approfondir. Toutefois cela n'a rien à voir avec les cours de Ben. Alors je me tais. J'écoute. L'autre jour, William m'avait permis d'exprimer ce moment de ma vie où j'étais enceinte et solitaire. Et je me suis senti délivrée. Ce ne fut pas une longue conversation. J'avais gardé les choses simples. Mais l'autorisation d'en parler pour la première fois, à quelqu'un d'autre que Romain, m'avait déchargée. La magie de la confession ne se produit pas toujours avec nos proches. Parfois on doit attendre le bon moment. Parfois l'entourage a si peur d'y faire face que l'on préfère se taire.

Etant plus âgée que William, je sens que mon vécu met tout de même une distance entre nous. Partager une tranche de vie, comme des grands-parents racontent leurs existences, ne peut pas l'endommager. En revanche, pour moi, interroger William sur son avenir, ses désirs semble être une démarche intrusive de ma part Je ne sais pas…Ce n'est pas ma place.

La porte de la chambre à l'étage s'ouvre. La musique de Mc Solar s'échappe à nouveau plus forte. Lucie descend l'escalier, suivie de Ben. Le rap mélodieux accompagne le rythme de leurs pas enjoués qui s'évadent dehors. Lucie s'en va en attrapant son sac à dos, en me remerciant. Ben va jusqu'à la grille avec elle. Je fais de même avec William.

Apparemment, ils ont bien travaillé.

CHAPITRE 16

LE PARFUM

Nos cartons entassés dans le salon forment un mur biscornu. Depuis le temps qu'ils sont posés là, ils se tassent telles les façades en pierre de vieux châteaux en ruine. Certains sont tombés de leurs piles à cause d'escalades enfantines intrépides. Par endroit, entre deux cartons, les garçons ont aménagé des cabanes avec des draps housse. Le chien a son lit et ses jouets dans une de ses chambres inventées de toute pièce. Une scène de théâtre, avec ses accessoires a pris forme au sein de notre lieu de vie. Les cartons sont devenus des outils à la merci de jeux créatifs.

Le propriétaire ne donne pas l'impression d'aimer son pavillon. A moins qu'il ne soit radin ou fauché, tout part en lambeaux. Je ne vois pas la différence avec ou sans poussière. Alors je ne fais plus le ménage. Je ne cuisine plus non plus. L'odeur du moisi du sous-sol qui remonte dans la cuisine me rebute. J'essaye d'y passer le moins de temps possible. Le four me sert tous les jours. Il travaille matin, midi et soir. Le lave-vaisselle a mille ans et sent mauvais. J'ai beau y insérer des pastilles au citron pour enlever l'odeur, il est inutilisable. Pendant cet intermède locatif, je n'hésite pas à me servir d'assiettes en carton. L'agence n'avait pas souligné ces problèmes lors de nos recherches. Faute de temps, nous avons dû faire confiance. Les acheteurs de notre appartement tenaient à garder nos meubles. Il a fallu tout laisser, alors sans table, sans canapé, sans cuisine à cause des odeurs nauséabondes, j'erre dans la maison, je suis presqu'un fantôme. Dans ce cadre, peu propice à la création, je cherche à peine des auditions. Ce que je trouve est peu inspirant. Je chausse régulièrement mes baskets pour aller courir des heures dans la campagne. J'aurai peut-être dû faire sport-études étant jeune, au lieu de théâtre.

La seule pièce agréable de la maison est la salle de bain avec sa grande baignoire disproportionnée. Le corps s'enfonce sous l'eau pour se noyer à plat. Ce matin, je passe un peu de temps à me pomponner, en appliquant mon mascara et une bonne dose de parfum. Partout. Dans mon cou, mes cheveux. Mon pull. La bouteille se vide à force de renouveler mon geste. Jules, attiré par l'odeur puissante de la fragrance, s'approche et repart. Un nuage de gouttes microscopiques lui pique les yeux. Jules s'exclame

— Ça cocotte !

— Je mets le paquet pour être sûre du résultat.

Ayant l'impression que le parfum n'imprime pas mon corps, je continue de m'asperger. Insister semble l'unique solution. L'audition pour laquelle je me prépare depuis hier soir, une publicité pour tapettes à mouches, est à l'autre bout du département et je veux sentir bon toute la journée.

Benjamin a préparé trois bols de céréales sur un gros carton de déménagement. On s'assoit par terre à la manière traditionnelle des japonais. En avalant nos cornflakes du petit déjeuner, j'organise l'emploi du temps et je remarque qu'ils se retroussent le nez. Jules éternue. L'odeur du parfum m'a transformée en un jardin botanique ambulant. J'ai vraiment abusé. Romain est déjà parti sinon il m'aurait fait une remarque. Pire, il se serait inquiété. Il aurait pensé que je suis ultra nerveuse pour l'audition. J'ai aspergé la moitié de la bouteille de parfum sur mon épiderme. Ce n'est pas habituel. L'odeur s'éparpille au point que nous avons l'impression de la manger dans nos bols. Je nous encourage à partir vite avant de regretter mon geste et me doucher à nouveau. Je claque la porte et répète à Benjamin qu'il a exceptionnellement cours avec William dans l'après-midi.

À cinq heures, je suis revenue de cette audition éloignée et infructueuse. Je me sens en échec. J'avais besoin de rafler ce plan. Je renifle mon pull et mes poignets pour vérifier que les fleurs d'oranger et de vanille laissent encore une empreinte pour l'arrivée de William. J'ai l'impression d'être une étudiante qui souhaite impressionner son professeur d'université. Ce comportement est idiot, j'ai quitté ces institutions sans succès il y a plus de vingt ans et je n'ai rien à prouver à ce jeune homme.

William arrive très en retard. Je ne me permets aucun commentaire. Cela arrive à tout le monde. La preuve avec le petit cafouillage survenu dans l'organisation d'hier soir. Durant le cours de Maths, Virginie m'appelle. Je suis gênée. Encore une fois, c'est dérisoire. Elle s'occupe de notre dossier et ce serait anormal qu'elle ne me passe pas un coup de fil. Pourquoi donc ce malaise ? Je n'ai pas mal agi. J'ai seulement un peu trop abusé de vanille de Madagascar.

Virginie est animée au téléphone, elle m'annonce la bonne nouvelle. Notre offre est acceptée. Après notre week-end en tête à tête, j'ai fait volte-face. Malgré sa localisation en face de l'école primaire, je n'arrivais pas à oublier la lumière de la maison. J'ai proposé à Romain d'aller la voir pour nous faire une opinion. Il s'est laissé séduire par les espaces aérés et le budget. Notre coup de cœur à tous les deux a été inévitable. J'ai été forcée d'enterrer mon passé, nous avons fait une offre au plus bas et la réponse n'a pas tardé pas à venir. Ces murs nous attendaient. Je suis heureuse finalement. Mes cartons mis de côté vont immigrés dans trois mois. Fermés depuis longtemps par un gros scotch marron, je vais enfin les rouvrir. Les figurines des enfants, mes livres, les objets entassés vont respirer comme des poumons ayant été privés d'oxygène. Je vais me reconstruire avec le tracas du déménagement en moins. Une deuxième chance se présente. J'ai le sentiment de remanier ma vie et m'engager dans l'avenir. Cette fois, je bouge de mon plein gré. Je commence d'ores et déjà à rêver.

L'impact de la nouvelle me rend joyeuse. Je souris en lisant le texte d'une pièce de théâtre. Comme je n'ai pas eu le rôle de la femme qui abat les mouches avec sa tapette et je peux me concentrer sur autre chose. Dommage, cette publicité était bien payée, elle m'aurait permis de me relancer à point nommé. L'équipe m'a prévenu sur place que je n'étais pas retenue. Ils m'ont tout de même donné un manuscrit pour une autre audition dans quelques semaines. Ce geste aimable, à l'égard des comédiens qui s'étaient déplacés de loin, me motive pour la suite. Cette pièce de théâtre que je découvre à l'instant m'inspire. Il faudra que je monte à Paris dans le dix-neuvième arrondissement. Je quitterai momentanément les chevaux autour de nous et leurs crottins. Le temps d'un essai sur les planches, le temps d'un zigzag en RER pour m'y rendre. Cela fait un bail que je n'ai pas jouer la comédie devant un metteur en scène. Je dois me lancer sinon le courage me manquera. Il est temps que j'incarne cette partie de moi. Cette partie doit exister autant que le reste. Autant que la mère, la femme au foyer. Ou bien je dois changer de direction et passer à autre chose.

Je répète le monologue à voix haute. William sort de la chambre de Ben. Il est étonné de me voir faire les cent pas, un texte à la main. Il s'en amuse. Jules est en bas avec le chien. Il a l'habitude de me voir répéter à la maison, plus que de me voir sur scène. Pour lui c'est la routine et il ne prête pas attention au drame que je récite. Les garçons décident d'aller rejoindre un ami. Ils prennent leur skateboard, la laisse du chien et se taillent en deux secondes. Cet ami vient d'avoir un chien-saucisse nommé « Cracotte ». Ils sont pressés de le rejoindre. Je n'ai pas eu le temps de vérifier s'ils avaient pris leurs casques. C'est la première fois que William et moi sommes seuls. Une pause, presque opaque, nous sépare momentanément dans la conversation.

Puis, intrigué par la pièce, William se lâche. Il me demande le titre et l'auteur. Au passage, il m'annonce qu'il ne lit pas de fictions. Il préfère la lecture d'événements ayant existé avec une profusion d'informations. « Des sujets où l'on ne perd pas son temps ». Pour moi, les histoires nous éclairent sur nos comportements, autant que les faits réels, tel les rêves sur l'inconscient. Je lui fais part de mon ressenti. On parle. Du sujet de la pièce. Pourquoi j'ai choisi le théâtre ? A-t-il passé ses examens ? Quelles sont ses projets ? Il m'explique qu'il va bientôt partir s'installer à Amsterdam pour ses études. J'ose l'indiscrétion et lui pose quelques questions personnelles. Contrairement à la nuit précédente où j›étais prudente, je décide d'aller de l'avant dans cette intimité que je désire explorer. Laissant mes peurs de contamination derrière moi, je suis sincèrement curieuse et n'hésite pas à vérifier ma perception de lui. Ce désir mutuel de se découvrir est réconfortant. Dix minutes se prolongent en une demi-heure. Une heure après, nous sommes toujours en conversation. Quelle importance pour William de communiquer avec moi ? Je n'en sais rien. Je prends le risque de le froisser avec quelques-unes de mes réponses abrasives, comme on froisse du papier de soie fragile. Je ne lui dis pas ce qu'il veut entendre, uniquement ce que je pense. Il n'est pas effrayé et reste encore. C'est agréable d'être écoutée. On se raconte en accéléré. A-t-on rêvé, avons-nous une sensibilité commune ? Alors quand William ne part pas, son intérêt finit par m'ancrer davantage vers lui. Deux heures passent, nous avons refait le monde. Je l'oriente finalement vers la sortie, en craignant que les enfants ne reviennent bientôt et se posent des questions. Ils pourraient trouver notre entente bizarre. Nous allons à la porte, il me demande s'il peut fumer une cigarette. Je lui réponds de bonne humeur

— Tout se paye, comme dirait mon cousin !

— C'est un peu mélodramatique, non ?

Je m'assois sur le rebord de la terrasse, il fume. Je garde mes distances en l'observant. Il prend quelques bouffées. Il s'assoit à côté de moi. Sans prévenir, il écrase sa cigarette. Nous savons ce qui va se passer. Freiner cette envie de se rapprocher est impossible. Se toucher est rassurant et intuitif. Au début c'est presque un réflexe. Hésitante, surprise, sa main se pose sur ma hanche. Je le regarde. Puis, des morceaux du texte de la pièce de théâtre me reviennent. « Je n'ai pas fait exprès de te faire du mal, j'applique mes principes ». Je repense au personnage tiraillé. Simultanément, je me saoule du regard de William qui me remplit. Les deux espaces, l'un intellectuel et l'autre sensoriel s'entremêlent. Ses yeux me déchiffrent. William est jeune. Il est Romain jeune ? On se comprend. Je m'oublie dans ce miroir confus. Peut-être, vais-je décrocher le rôle ? Le rôle tragique dans la pièce ! Je préférais le rôle comique. Je décide dans l'instant de paralyser ce débordement de pensées et je lui frôle la joue. Il s'autorise à se pencher vers moi. Avec ses centimètres de plus, il me domine, il m'embrasse. Je me confonds dans le rôle de la pièce, dans mes sensations et le ballet de ma vie agitée. Aimantée par ses lèvres, ma tête réfléchit et ne réfléchit pas. Vide. Collée à lui, dans l'agencement de son corps, je me sculpte dans son profil pour ne faire qu'un. Nos corps pudiques ressemblent à ceux de jeunes fiancés comme dans le Baiser de Rodin et Camille Claudel. Ce moment est lent, presque figé. Il s'éternise comme du sirop d'érable coule le long d'un tronc, inexorablement. En effleurant William d'un autre geste, j'ai chaud.

Une bouffée de chaleur qui sort de nulle part m'arrête net, provoquant un court-circuit dans cet entrelacement. Un grand écart se creuse dans ma tête. J'ouvre les yeux tel un poisson tiré de l'eau. Le regard exorbité, je m'écarte de lui. En me dégrafant de sa bouche, je le considère et m'excuse. Ma vie n'est pas liée à cet élan charnel. Je me suis sentie proche pour les mauvaises raisons. Je me suis trompée. Cette réalisation n'est pas venue de Romain absent de la scène. Ni d'un dégoût, d'un regret de ma part. Mon organisme autrefois étouffé s'exprime. Après m'être tout simplement égarée, je me retrouve. Tout passe par le corps ?

CHAPITRE 17

FIN D'HIBERNATION

Mon portable sonne, c'est Romain. Il m'annonce qu'il rentre tôt ce soir. Pendant cet appel, je regarde le ciel pour éviter le regard de William, gênée. Romain propose que les enfants dînent tôt. Avant nous. « On pourrait se retrouver ce soir ? ». Il a des choses à me dire. Les garçons arrivent à la porte. De vraies tornades. Le chien les a tirés en skateboard. Ils ont fait semblant de surfer des vagues dans le village. Benjamin n'est pas surpris de voir William encore là. Il commence à faire partie de la famille. Ben lui propose d'essayer son skate. William le remercie et prétexte un rendez-vous pour s'en aller. Il enfile son manteau. On se jette un regard sans dire un mot. Un quart d'heure plus tôt, nous parlions si librement. La situation est étrange. Elle a changé. Comme le trajet Eurostar qui fut un lieu de flottement et de transition dans ma vie, le baiser de William vient bousculer des choses en moi. Je le regarde partir. Brutalement vulnérable, il me semble si jeune. Encore plus jeune que tout à l'heure. Je ne le retiens pas. Ce n'est pas sa vie, ici.

Les enfants montent baigner leur chien. Après leur aventure poussiéreuse, il faut décrasser l'animal « court sur pattes » qui récolte tout sur son passage. Pumba nage dans la grande baignoire. Il ne touche pas le fond et ressemble à un confetti poilu à la surface. Les enfants entreprennent de faire mousser le shampoing sur ses moustaches le transformant en père Noel. Ils gèrent bien la situation, ce qui m'autorise à descendre pour réciter une deuxième fois la pièce. Je m'entraîne pour reprendre pied dans ma réalité. Mon timbre de voix se pose platement. Malheureusement, je n'écoute pas les mots qui sortent de ma bouche.

La culpabilité m'envahit. J'aime Romain, c'est sûr. J'ai l'âge d'être la mère de William. C'est sûr aussi. J'espère que Virginie n'en saura rien. Elle me vend une maison, pas son fils... Les questions surgissent en grappes. Suis-je en crise de la quarantaine ? Paumée à cause du déménagement ? En tant que comédienne ? Qu'est ce que je cherche ? Suis-je devenue une carnivore de jeunes hommes ? Pire, une Madame Bovary des temps modernes ? Non. Je ne crois pas.

Je délaisse finalement la pièce de théâtre, je suis trop distraite. Je pose le manuscrit. Je m'assois. J'ai besoin de réfléchir avant l'arrivée de Romain. Je sais que je ne suis pas malheureuse. J'aime ma famille. Ce qui m'a conduit à me rapprocher subitement de William il y a une heure doit vouloir dire quelque chose. Le temps presse. Romain va rentrer, je souhaite savoir pourquoi j'ai agi de la sorte. Pourquoi j'ai fait ça ? Rapidement, je fais le point sur ma vie.

Comme d'autres femmes, je travaille et cherche des plans pour élaborer ce que je sais faire. Ce métier d'actrice dépend du désir des autres et je m'inscris dans la société lorsque l'on m'y invite seulement. On me choisit, on ne me choisit pas. Je corresponds, je ne corresponds pas du tout. Je travaille, je ne travaille pas. C'est aléatoire, difficile. Encore plus depuis le déménagement. À l'inverse, mon rôle de mère au foyer est assidu, concret. Aucune invitation nécessaire, c'est un rôle à cent pour cent, invisible, non-reconnu, c'est compliqué aussi. Comment mettre en priorité ce qui est important ? Je ne suis pas une femme active. Ni une femme du dix-neuvième-siècle qui s'enferme sans responsabilité. Tout comme ces définitions qui ont longtemps collées à la peau des femmes, la mère ou la fille facile, celle qui sert à table ou la femme fatale, je ne me retrouve pas dans ces images, ces stéréotypes que l'on nous balance. Les temps changent mais c'est long.

Alors où est mon lieu ? Mon lieu d'aisance. Ce déménagement est venu me rappeler la difficulté que j'ai à trouver une place. À mon âge, je sais qui je suis mais où dois-je m'assoir ? Mes multiples visages me font sortir des clous. La société ne m'inclut pas comme je l'avais imaginé. Il faut que je m'y fasse, elle est souvent en retard et n'écoute pas les avertissements. Il est inutile de se conformer. Autant que je m'adoube moi-même et que je n'attende pas grand-chose en retour. Mais en quoi, William vient-il se greffer dans ce cafouillage ? Lui, qui n'est que l'ébauche de sa personne en construction.

Ce baiser n'est pas la solution et je l'ai déjà compris. Depuis le départ de Londres, trop d'émotions m'ont étourdie. Je suis une fillette qui a du mal à compter sur ses doigts. Je n'arrive ni à additionner, ni à soustraire. Encore moins à diviser. Je mélange un peu tout. Mon passé, mon présent, les souvenirs, mon quotidien. J'oublie un instant que le passé et le présent c'est la même chose, c'est la continuité d'une histoire, d'un vécu entamé.

Je file à l'étage pour me changer. Le chien a fini sa toilette dans le bain. Il se frotte partout. Cherche le drap du lit qui pendouille pour se sécher dessus. Romain va arriver. Je me déshabille et fait disparaitre la trace de mon parfum sous la douche. L'omniprésence de ce sillon féminin me rappelle les efforts que j'ai du faire pour exister aujourd'hui. J'enfile une nuisette et un gros pull. Mes sabots, ceux que je porte à la maison. À sept heures, les enfants ont dîné et en courant dans le jardin, ils ont écumé le reste de leur énergie. Romain arrive une bouteille de rouge à la main. Il fait mine de se rendre chez une amie. J'apprécie son humour. Comme toujours, les pizzas au congélateur nous dépannent. Les enfants ont mis un film à l'étage. Le vendredi soir leur permet cette fantaisie. Ils sont calmes maintenant. Le chien s'est mis en boule dans leur couette, il est crevé. Il ne bougera pas pendant douze heures. Installés dans le salon tous les deux, nous discutons. Romain m'annonce la couleur :

— Virginie m'a appelé

Je suis nerveuse. J'espère que William n'a rien dit à sa mère. Ce n'était qu'un « Kiss ».

— La maison est à nous ! Nous passons à autre chose

Il ne se doute pas que Virginie m'a appelé et que je suis au courant. Aucune importance, je lui témoigne mon bonheur avec un sourire. Il continue son discours.

— Cette année a été difficile pour toi. J'en suis désolé.

Je suis confuse et reconnaissante de sa déclaration. Manque de bol, j'embrassais un jeune homme cet après-midi.

— Je ne sais pas quoi dire.

— Pourquoi ?

— Je n'aurai jamais assez de temps pour exprimer tout ce que j'ai à dire

— Parlons, ça fait une éternité que l'on court après ce moment. J'en ai besoin aussi.

La discussion se prolonge tard dans la nuit. Nous avons l'habitude de rattraper le temps lorsque c'est possible. Cette fois-ci nous dépassons notre fatigue et le sommeil pour rendre le temps élastique et nous retrouver abondamment. La nuit doit durer soixante-douze heures. Il y a tant de sujets à évoquer. Nous mangeons nos pizzas sur un plateau en bois. Personne ne doit interrompre le fil de la conversation, pas même les bonnes manières, les couverts, les assiettes et la vaisselle à faire. Il n'y a rien de superflu. Les mots ponctuent la soirée jusqu'à ce que l'on s'écroule. Les enfants nous réveillent le lendemain avec de jolis « Good Morning ». Ils s'étaient endormis dans leur cabane et nous par terre tels des sans-abris.

Je n'ai pas évoqué le baiser impromptu avec William. Seulement les choses enfouies en moi. Ce mélange. Ma colère refoulée, mes frustrations liées à notre installation, à mon statut et des sensations que je parviens tout juste à exprimer depuis notre départ. Sans perdre pied, sans avoir peur de perdre l'autre. Comme dans une enquête policière, où la mise en évidence d'indices permet de faire la lumière, ma bouche, par ce baiser a tenté de m'exposer à mes pensées profondes. C'est une trace. Un moment de perdition. Je n'en parlerai pas. Je préfère aller à l'essentiel, à ce que je comprends désormais. Le vertige s'est estompé. Nous remontons le temps et parlons des choses qui nous ont perturbé. Malgré un amour partagé, nous n'avions pas réussi à raconter ces blessures. Elles étaient trop fraîches ou trop souterraines. Romain m'explique ses regrets. Il voulait bien faire. Il voulait nous protéger et il prit des tournants à trois cent soixante degrés pour cela. Il n'a réalisé l'impact de ses décisions sur la famille qu'une fois les choses en mouvement. Tardivement. Je ne suis pas seule à bouger après ce déménagement. À sa manière, Romain se découvre aussi. Cette honnêteté des sentiments, cette lucidité me plait et nous cimente.

CHAPITRE 18

L'ADOLESCENCE

Roland-Garros annonce le début de l'été, c'est un repère pour moi, comme Noël marque le début de l'hiver ou le festival de Cannes le printemps. La finale retentit dans le salon accompagnée d'une température chaude à l'extérieur. Cette journée de mi-juin est spécialement ensoleillée. La plupart des événements sportifs prennent une place sonore importante dans notre foyer. Nous pouvons les regarder, les écouter ou bien les laisser en bruit d'arrière-fond pour entendre le pétillement ou le grognement des athlètes. Une ambiance de pub conviviale règne en dépit de cette location pourrie. Chacun discute le match, le tournoi, la course de 300 mètres. Cet environnement est propice à l'adolescence de Benjamin qui aime échanger sur le sujet et pour Jules qui se sent inclus par les ainés.

Le week-end, Benjamin dort un peu plus le matin, sa puberté et sa cervelle en ébullition lui réclament des heures supplémentaires de repos. Jules souhaite le réveiller, j'essaye tant bien que mal de l'en dissuader. Discrètement il se faufile dans la chambre de Ben et le surprend. C'est un bonheur pour lui de découvrir son grand frère vulnérable au petit matin. Enseveli dans son coussin, les cheveux dressés hirsutes, sentant le bouc au réveil, Un homme sommeille en lui. A côté de son lit, la pile de vêtements sales s'agrandit de jours en jours. Son chien en a fait un trône. Il s'installe dessus et regarde la vue, statique avec un œil d'iguane averti.

Jules trouve bizarre que son frère aime autant son lit. Lui ne résiste pas à l'appel de la journée qui commence. Il est fin prêt dès sept heures trente. Tous les matins. Je ne le vois pas se préparer, il est efficace. Habillé, coiffé, rien ne l'arrête. Méthodique, régulier comme une montre, il ressemble à Phileas Fogg dans toute sa précision et son originalité. De manière imprévue, son prénom lui sied à merveille. Il est rare que Jules s'écroule de fatigue et rêve de sa paillasse. Je ne suis pas sûre qu'à l'aube de l'adolescence, Jules sera de plus en plus attiré par son lit.

Benjamin change. Ses mains ont doublé de volume. Ses pieds également. Ils sont passés du 38 au 44 en trois mois. Il me dépasse en taille à présent. Parfois j'ai droit à un petit câlin, rien de long, mais toujours très significatif. Je trouve ce détail, beau. Ben a une masse de poils sur les jambes et un bon duvet sur les joues qui révèlent son corps masculin. Ses épaules sont aussi larges que celles de son tuteur. Moi qui pensais qu'il serait chétif. Enfant, il était toujours en retard dans sa croissance, il ne m'avait pas donné d'indices possibles sur cette transformation rapide. Comme dans les répétitions, je me mets à reciter des phrases à haute voix pour me rendre compte de son évolution, pour l'inscrire en moi…

« Il a perdu son ancienne peau et en trouve une nouvelle.

Cela lui va bien.

Il navigue entre le monde de « Peter Pan » et celui d'un jeune homme.

Cela va changer.

Comme Don Quichotte, l'idée prime sur le réel et nous essayons de lui apprendre une forme de réalité.

Cela viendra.

En dépit des hauts et des bas que la vie jette à la figure, sa bonne humeur fait partie de son ADN.

Cela est une chance »

Ben est descendu de la chambre avec Jules et pointe le haut de son nez au-dessus d'un pot de confiture. Ils ont commencé les plaisanteries en préparant leurs toasts. Au passage, ils s'assomment avec des petites cuillères. La tendance est à la blague. Leur bouffonnerie est transmissible. Parfois incontrôlable. Souvent je rigole de loin avec eux. À l'occasion je peux en être irritée. Je reste une adulte à certains égards.

Vers deux heures, la tête coincée dans un panier de linge sale, je cherche un bout de papier sur lequel figure l'adresse de l'audition, celle que je compte faire. Je le retrouve dans la poche d'un jean et décide de fourrer le linge dans la machine, sans séparer les différentes couleurs des vêtements. On verra bien comment ils ressortent. Je prends le risque de découvrir tout ça plus tard. Je n'ai pas le temps de trier. Au moment d'appuyer sur le bouton, j'entends l'enthousiasme de la foule de Roland-Garros. Le son de la télévision est trop fort. Je lance la machine sous les applaudissements en sachant que j'ai déjà modifié la couleur de quelques t-shirts dans le passé. Je mérite aussi une médaille pour le rétrécissement des pulls de Romain qui vont à ravir aux enfants en deuxième main. J'ignore l'expérience et remercie le public de la télévision pour sa confiance dans ma capacité à gérer le linge et ses surprises.

Ma priorité dans les prochains jours, c'est l'audition. Je désespère de répéter l'un des deux rôles qui m'ont été confié lors du dernier casting. J'ai encore besoin de me familiariser avec le texte. Le temps est englouti par toutes ces petites choses insignifiantes que je suis censée caser pour que la maison et la routine familiale tournent. Mes journées sont fractionnées de sorte que je fouille dans mon emploi du temps pour aligner quatre heures de répétition sans interruption. Je décide donc pour une fois de bâcler les tâches ménagères, ainsi que les repas et les courses afin d'atteindre mon but. Les enfants se plaignent un peu. Dans la précipitation j'ai acheté les premiers biscuits que j'ai trouvé et ils sont sacrément dégoûtants. Mon but est de répéter. J'estime être attendue ailleurs. Le metteur en scène ne le sait pas encore, mais je me prépare comme jamais dans ma tête, j'ai besoin de passer à autre chose. Il me suffit de répéter. Répéter, mais sans oublier que je souhaite aussi profiter de mes enfants avant qu'ils ne grandissent trop vite et partent faire leur vie ! Je suis souvent tiraillée dans mon organisation. Je finis par mettre l'adresse retrouvée dans la poche de mon pantalon, un autre jean. Pourvu que je ne l'oublie pas à nouveau.

Benjamin me crie du bas de l'escalier qu'il va déjeuner chez un ami et faire un basket. Le week-end il peut circuler plus librement qu'en semaine. Il me dit rentrer pour le dîner. Je lui rappelle le rendez-vous de cinq heures. Sa seule obligation. Il doit se rendre chez un autre élève de sa classe pour préparer un exposé à deux sur Basquiat pour le cours d'Arts Plastiques. Il me regarde comme si j'étais née pour l'embêter. Je suis celle qui ne le laisse pas tranquille. Il me demande si je peux annuler la rencontre « pour une fois ». Il m'explique combien ce serait ridicule de gâcher la fin du week-end avec ce projet. À ce moment il est hors de question d'annuler. Ces choses se planifient à l'avance et il est trop tard. De plus, connaître Basquiat n'est pas une perte de temps à mon sens. Les Arts Plastiques c'est formidable ! Il apprendra quelque chose de cet homme, qu'il l'aime, lui et son travail ou pas. Basquiat avait plein de choses à dire. Mon conseil est de faire cet exposé rapidement. Qu'il puisse se consacrer ensuite à son plaisir. « Work hard, play hard » c'était notre devise apprise en Angleterre…Je compatis et ne cède pas. Déçu, il s'emporte un peu, râle et claque une porte. Il affirme ne pas avoir suffisamment l'occasion de s'amuser. Je ne me laisse pas intimider par l'effet de sa frustration. La vie en est pleine. Je lui rétorque gentiment

— Fais avec Ben, ça fait partie du programme

Puis, je le vois pendre son sac à dos et enfourcher son vélo. En pleine action, il m'indique gentiment qu'il sera de retour à l'heure pour aller au rendez-vous. Il a retrouvé la raison et me sourit. Pour lui, la dispute est finie. Il pique à droite pour s'enfoncer dans l'artère principale du village et disparait en criant « A toute ! ». C'est parfait, j'ai besoin de souffler après cette mini-friction. Ce rôle de mère-police n'est pas mon préféré, il fait partie de la panoplie. Je l'endosse. Au même titre que les rôles que je tente professionnellement. Je ne lui en veux pas. Moi aussi adolescente j'aurais adoré claquer des portes. Au fond, je me dis que c'est mieux d'en claquer quelques-unes. Qui n'a pas exprimé de frustration dans sa jeunesse ? Ceux qui n'ont pas le droit ?

Jules saisit sa chance pour me demander si lui aussi peut aller voir un ami au parc du village. Ce garçon ne perd pas le nord. Il est remarquable pour saisir la moindre opportunité d'indépendance. Il m'annonce avec un air fripon

— Moi aussi, je suis en pleine puberté !

CHAPITRE 19

LE CADRE

Pressée par mon rendez-vous, je marche vite dans le salon et percute avec mon épaule une des piles verticales du déménagement. L'un des cartons s'écrabouille comme s'il avait un visage qui reçoit un coup de poing lors d'un match de boxe, au ralenti. Un bruit de verre accompagne la chute. Je m'arrête. Je ne sais plus si je dois ouvrir le carton pour y découvrir les objets fracassés ou claquer la porte pour me rendre à l'audition.

Ce rendez-vous à Paris est le moment de vérité, le moment que j'attends avec impatience. J'aimerai décrocher un des rôles. N'importe lequel. J'ai envie de passer à autre chose, mais il n'est pas sûr que je m'en sois donnée suffisamment les moyens. Malgré l'importance de l'audition, je craque. Trop curieuse de découvrir ce que j'ai cassé dans mon empressement, je prends un cutter et en incisant le carton, j'abrège le suspens. Mon obsession d'arriver en avance est interrompue. J'arriverai pile à l'heure, c'est peut-être pour le mieux. A première vue, un vase avec des gravures anciennes, un sucrier en forme de cloche, ainsi qu'un plat en porcelaine fine blanc avec des fleurs miniatures imitant des bleuets ont été broyés, jc lcs retrouve en miettes. Ces objets appartenaient autrefois à ma grand-mère, anciens ils sont le fruit d'un héritage fragile.

Ma grand-mère ne pouvait pas être un esprit libre. En grandissant, elle avait subi un lavage de cerveau et ne le remit jamais en question. Les préceptes de la société victorienne l'avaient imprimée jusqu'à la moelle.

L'année de mon Baccalauréat, son prénom fut utilisé pour baptiser une agence de presse féministe : Les Pénélopes. Ce choix me surprit, je n'associais pas son prénom, qui veut dire « tisserande », à l'engagement. L'image docile de ma grand-mère est incrustée dans mes souvenirs. Patiente, fidèle, elle était douée, effectivement, pour tisser des liens. Néanmoins elle n'était pas libre d'esprit comme ces journalistes inspirées par la signification de ce prénom, celles qui diffusent des informations sur l'actualité du point de vue des femmes.

Cette comparaison entre « Les Pénélopes » et « ma » Pénélope me distrait. Je me rends compte que je suis plus intriguée par la parole des femmes que ma grand-mère ne l'était. Aurait-elle osé exprimer ses opinions si nous en avions eu l'occasion ? Elle est partie trop tôt. Quelques phrases me permettent d'imaginer ce scénario possible. Un exemple me vient en tête. Devant une émission télévisée, elle critiqua Claude François et ses danseuses autour de lui. Était-ce par pudeur ou par conviction féministe refoulée ? Je ne le saurai jamais. Cela ne lui ressemblait pas de s'emporter. Elle glissa avec mépris

— On dirait une fille - sauf qu'il n'est pas à poil comme les autres.

Petite, j'ai absorbé les bribes de cette éducation conventionnelle transmise par ma grand-mère sans me plaindre. « Une femme doit être modérée, délicate, ne pas créer de problèmes ». Adolescente, j'ai eu du mal à adhérer. Aujourd'hui le déménagement est venu questionner, encore, cette réflexion « Où est ma place dans tout ça ? » et je réalise que ce n'est pas évident à comprendre. Enfin si, j'ai fini par comprendre. J'ai suivi mon mari. « À l'ancienne ». Je n'ai rien pu dire ou faire. Quelque chose du passé est venu s'imposer à moi et ma conduite a été dictée par le métronome de la vie. En parallèle, j'exerce d'autres fonctions. Et cela je ne le fais pas «à l'ancienne », je le fais à ma façon. J'ai cette liberté de pratiquer ma passion et mon rôle de mère comme les femmes qui font des choix et qui jonglent avec plusieurs rôles. Et qui le font à leur sauce, elles aussi.

Jeune, on m'avait répété toujours la même chose. Ce proverbe dont l'origine religieuse date du XVème siècle

« Little girls must be seen but not heard »

Traduction « Les petites filles doivent être vues, mais pas entendues ».

Ces mentalités anciennes ne s'estompent pas comme l'encre par le stylo effaceur. Le changement s'effectue à travers les générations. Chaque fille vient tasser un peu plus le discours étriqué du temps d'hier. Comparé à d'autres environnements, je suis étonnée de constater à quel point ce dogme a persisté dans le mien.

Je viens de casser les seules reliques qu'il me restait de ma grand-mère. Le hasard a fait que sa photo encadrée est dans le carton. J'avais dû ranger le tout ensemble. Je fixe la photo incrustée dans ma mémoire et remarque que le verre du cadre est fendu d'une ligne diagonale de haut en bas. Il dessine une arabesque sur son visage. Les artistes japonais empruntent souvent ce motif sinueux pour construire leurs estampes et cela me rappelle son voyage à Tokyo. D'un coup, je me demande si la femme japonaise ressemblait à l'anglaise dans sa discrétion et son dialogue minimisé ? Est ce qu'elle aussi devait se taire ? Ce verre fissuré accentue son absence. Il faudra le remplacer. J'aime cette photo qui date d'un autre temps. Sa coiffure, ses lunettes, sa blouse et son gros pendentif sont sans équivoque la mode des années 70. Sur cette photo, elle a le même âge que moi, mais en paraît un peu plus. Le look de son temps la vieillit. De nos jours, les baskets et les jeans ont l'effet d'uniformiser un peu les âges. C'est moins drôle, mais passe-partout.

Période de libération pour la femme, je n'ai pas l'impression qu'elle s'était appropriée les idées de son époque. Pourtant, je viens de découvrir qu'elle était orthophoniste. Quel beau métier ! Et elle ne m'en avait jamais parlé. C'est étrange. Cette originalité dans son parcours, cette modernité, j'aurais aimé qu'elle me le raconte. Comment s'était-elle formée ? On m'a expliqué récemment que certains de ses patients ayant souffert de rupture d'anévrisme, avaient dû réapprendre à parler comme des nouveaux nés. Ma grand-mère apprenait aux autres à articuler, mais pas à ses proches ! Cette information me contrarie. J'ai choisi le théâtre. Les sons dans la bouche. Sans m'en rendre compte, j'étais proche d'elle dans mon choix de carrière.

Pénélope, « la tisserande », a dû se dire que ce n'était pas important de parler d'elle et de son métier. En manque de confiance, elle n'avait pas conscience de ce qu'elle pouvait nous apporter. Pourtant…c'était une si belle personne. Sa photo brisée devant moi devient une enquête dans ma tête. Qui était son complice pour taire une partie de sa vie à sa petite fille ? Pourquoi tant de réserves et de secrets ? Elle n'avait pas commis un crime.

J'aime cette grand-mère. Je ne peux pas ne pas l'aimer. Je ne la juge pas, je cherche à comprendre. Elle est partie trop tôt, avant que je ne puisse verbaliser quoi que ce soit, je me suis sentie privée de ces conversations entre femmes alors je les rêve dans mon sommeil. Je n'ai pas eu de filles. Aucune importance, mes garçons peuvent participer à l'élaboration d'une société égalitaire avec leur testostérone, leur sexe inverse du mien et grâce à la transmission d'une mère à ses fils.

Je ne suis jamais tombée sur une photo de ma grand-mère autre que celle que je tiens dans mes mains. Elle avait du style quand même ! Toujours déguisée derrière ses lunettes à la Andy Warhol avec sa coiffure champignon, portant une jupe longue en forme de parapluie ouvert, j'essaye de la visualiser autrement. Lui retirer ses deux hublots en plastique devant les yeux. Lui mettre un jean avec un pull. J'essaye de la moderniser et l'imaginer de nos jours.

Cela ne marche pas. Je n'ai qu'une vision d'elle. La seule qu'elle avait osé partager, celle que j'ai connue en chair et en os et celle de cette photo. En quelques mots au moment du coucher elle me chuchotait

— Sweet dreams, my darling girl *

Et sur ce, je lui demandais

— And what is it to be a darling girl for you ? *

« Fais de beaux rêves, ma fille chérie »

« Et qu'est-ce que c'est d'être une fille chérie pour toi ? »

CHAPITRE 20

LIPTON, LA COOL ATTITUDE

Le metteur en scène est assis derrière son bureau dans un petit théâtre désuet. Il boit du thé Lipton, sur la table devant lui sont posés son script et une pile de CV qui frôle sa barbe. En plus de l'obscurité de la salle qui assombrit son visage, cette pile de documents le distance un peu plus de la scène et des acteurs.

Après l'épisode du carton fracassé ce matin, j'ai pris le train et le métro pour me rendre à cette audition dans Paris. Celle pour laquelle je m'entraînais à voix haute pendant que William donnait son cours de soutien à Benjamin. Le temps de trajet fut long alors que la durée de mon passage dans la capitale sera courte. L'humidité sous mes bras me trahit. Je suis nerveuse. Heureusement j'ai un t-shirt de rechange dans mon sac à main. Je connais la chanson. Deux tenues pour deux états. Une pour absorber ma peur, l'autre pour agir. Je n'ai pas été à la hauteur pour la publicité des tapettes à mouches. Depuis mon retour en France, j'ai du mal à me jeter à l'eau dans mes projets. Aujourd'hui j'y vais.

Sur qui vais-je tomber ? Le metteur en scène s'appelle Georges. Aidé de quelques intermittents du spectacle, il dirige les auditions de cette pièce moderne. Le dialogue contemporain me plaît. Normalement je devrais y arriver. J'ai enfilé mon haut propre en deux secondes dans les toilettes avant d'être appelée. J'arrive essoufflée, heureuse là.

Georges se présente et demande à tous les acteurs de former un large cercle sur la scène. Avant d'entamer les auditions « proprement dites », il propose un exercice de groupe. Un moyen de s'échauffer et de nous voir travailler en dehors du texte de la pièce, de la psychologie des personnages. Chacun à notre tour, nous devons nous mettre au milieu du cercle et imiter un animal qu'il choisira pour nous. Georges explique les consignes en sirotant son thé avec une cool attitude. On voit bien que ce n'est pas lui qui va se transformer en animal dans les prochaines minutes.

Derrière sa muraille de papiers entassés, il choisit un homme avec un air de Belmondo aux cheveux longs, pour jouer le gorille. « Bébel » se transforme aussitôt, au milieu de nous, il adopte une position de grand singe. Sa face se métamorphose. Ses sourcils se rapprochent, ses lèvres pincées tombent vers le bas, son cou s'avance pour créer un décalage avec sa colonne vertébrale. La plasticité des expressions de son visage et ses mimiques sont naturelles. Un rien suffit à convaincre. George à l'air d'apprécier la performance. Il observe le jeune homme, ce singe humain imberbe faisant des sons et des gestes. Je repense au travail de Jane Goodall, cette anthropologue britannique pionnière dans les recherches sur les rapports humain-animal. Est ce qu'elle aurait validée cette interprétation ? Distraite, je reviens sur terre. Je suis soulagée de ne pas avoir dû incarner le gorille. Puis Georges me pointe du doigt en disant

— À toi, essaye le flamant rose !

Rapidement, j'essaye de me remémorer les particularités du flamant rose, à part sa couleur évidente. Quelques images inspirées de documentaires animaliers me reviennent. L'oiseau et son numéro d'équilibriste sur une jambe. Alors je rehausse une des miennes. Ma tête regarde vers le ciel et je tente une rigidité absolue allant de mon bassin jusqu'à mon cuir chevelu pour symboliser la longueur de son cou. Mes bras se courbent autour de mes hanches. Tandis que je me tiens perchée, j'essaye de visualiser cette couleur rose bonbon. Plus je la vois, plus j'ai l'impression d'avoir des plumes colorées. Enfin je l'espère. Georges me lance à nouveau

— Bien, allez bouges maintenant…

Sur ce, j'effectue quelques pas à reculons pour créer le rythme cassant de la marche de l'oiseau échassier. Je copie sa parade nuptiale avec son petit coup de tête vers le côté, qui ressemble à ces mouvements de danse en « Rave party ». Je ne suis pas convaincue par mon jeu et j'oublie de quel sexe je suis, en flamant rose. De toute façon les mâles et les femelles se courtisent au diapason. N'ayant pas le temps de réfléchir, j'incarne l'oiseau vite fait. Pourtant une idée surgit dans ma tête, j'ai l'impression d'imiter un oiseau en captivité dans ce cercle que le groupe forme sur les planches. Nos corps espacés à la verticale rappellent les barreaux d'une cage. Bizarrement l'humain essaye toujours d'enfermer les animaux. Surtout les oiseaux. Eux qui ont besoin d'espace. Fort heureusement, Georges regarde un autre candidat. Je peux arrêter mon interprétation. Le comédien suivant doit être un écureuil.

Après cet exercice, le moment de jouer la pièce arrive. J'espère être inspirante, car l'incarnation du monde animal m'a laissée sur le carreau. Je ne pense pas que mon flamant rose marque des points. Réussir ce casting me donnerait une lueur d'espoir. Georges décide de me faire démarrer la session en premier. Il m'indique la page à jouer. Je commence à déblatérer les mots. Le texte est drôle. Il ne faut pas trop en faire à mon sens. J'adore la légèreté, le ton coquin du personnage. C'est mon préféré dans la pièce.

Georges m'arrête

— Peux-tu reprendre à la page 29 avec le personnage de

Sophia, j'aimerais t'entendre dans le rôle du personnage tragique ?

Je ne m'attendais pas à endosser ce rôle dans la pièce, je ne l'ai pas pratiqué à la maison avec beaucoup d'intérêt. Suis-je à ce point dramatique ? Je suis sûre de pouvoir m'en sortir avec le personnage comique. Mais le choix ne m'appartient pas. Je cherche la page et lit la réplique de Sophia.

— Arrêtez vos monologues et vos démonstrations !

Georges m'arrête encore. Il aime la méthode de Stanislavski et me propose de l'essayer

— Rappelle-toi un moment choquant dans ta vie. Essaye d'insuffler un ton de voix médusé à Sophia.

Je reprends.

CHAPITRE 21

LA COURSE NATURE

Nous sommes dans la forêt verte. Une lumière blanche scintille sur les plantes ayant l'effet d'un stroboscope sur la nature. Des limaces viennent colorer le sol de leurs enveloppes orange rebondies ou de leurs carcasses gluantes écrasées. On court avec Pumba qui se trouve à mi-chemin entre les enfants et Romain et moi. Il est une sorte de cordon ombilical qui nous relie.

Naturellement, un adolescent se distance des bras de ses parents. Il y a encore heureusement des câlins, mais la tendresse passe aussi par d'autres biais enveloppants. Rire en famille, plaisanter entre amis et en l'occurrence pour Ben, cela passe également par l'amitié d'un chien. Ce chien est devenu un doudou pour grand garçon à la voix qui miaule. Benjamin se roule souvent par terre avec lui, on dirait une scène de catch. Le chien excité arrive à la charge et se cogne dans Benjamin qui le repousse avec amusement. Pumba glisse sur ses coussinets, il mime l'élan d'une patineuse sur la glace et revient. L'adolescence ressemble à ces allées et venues de distance et d'affection. Ce bel âge structure l'adulte de demain et le confectionne comme une recette en plusieurs étapes.

Jules a encore besoin de jouer, le chien lui permet de s'adonner à ce ludisme dans une famille remplie d'adultes. Jules goûte aux dernières miettes de l'enfance. Il sera bientôt au Collège. Son attirance pour l'adolescence me sidère. Il a hâte de grandir. Ou bien c'est autre chose, Jules est fait pour évoluer comme une courbe de croissance qui ne stagne jamais. Il va toujours vers le haut.

Malgré son aboiement aigu et interminable à chaque sonnerie de porte, le chien a rempli sa mission. Pumba s'adapte à tous les âges et à tous les besoins. Aujourd'hui, il ne court pas volontairement entre nos deux groupes. Il est trop rapide pour notre rythme et trop lent pour les garçons. Le chien a trouvé sa place.

En forme, les deux frères tracent. La légèreté de leurs pas est synonyme du sport qu'ils pratiquent avec assiduité, ainsi que de leur jeunesse. Ils ont le dynamisme de la vie qui se manifeste en éclosion. Une force se dégage de cette image, et me touche. Derrière eux, nous fermons la marche. Notre rythme cardiaque travaille. Adieu le cholestérol et la tension artérielle ! Nous entraînons nos organes à survivre le temps qui passe pour mieux partager avec eux.

CHAPITRE 22

QUELQUES JOURS PLUS TARD

Il a fait si beau ces derniers jours que je me crois en vacances dans un lieu exotique. Les promenades en pleine campagne me procurent un sentiment de bonheur. Quand je marche, avec le chien heureux de renifler les odeurs de la nature, la vie est presque légère. Pumba est sur une piste, une cascade de saveurs olfactives l'attire le long d'un passage. En trottinant la tête basse, le museau rasant le sol, il a l'apparence d'un spectre mono maniaque. Il est dans son monde pendant que je me nourris d'une ambiance calme. C'est mon yoga, mon moment de concentration, car je suis incapable de méditer sans bouger.

Ce matin, le ciel est clair. Aucune imperfection ne vient pigmenter sa couleur bleue. Le brouillard matinal s'est dissipé. Il est encore tôt. A distance, les troncs d'arbres et les arbustes forment des ombres chinoises. La campagne, les chemins de terre, les blés, les vignes prennent une allure graphique comme ces cartes postales en noir et blanc d'autrefois, qui au fil du temps, ressemblent plus à des gravures. C'est amusant, j'ai passé tant d'années à vivre en ville. Pourtant je me sens bien ici. Les paysages sont beaux, le silence précieux.

L'humidité de l'automne et du printemps a laissé place à la chaleur. J'ai l'impression d'habiter le Sud en été. Là-bas, l'ardeur du soleil et la lumière chatouillent l'horizon pour le rendre flou.

La mer est loin. Mais les étendues agricoles autour de nous me font penser à elle. Lorsque le vent souffle, par endroit, il remue quelques tiges de céréales qui se courbent dans un mouvement contagieux. Celles-ci imitent le déroulement des moutons de la mer qui déferle. Et le chatoiement de la lumière attrapée par les graines me rappelle l'écume des vagues. Je pense souvent à ce rythme incessant.

Autant que je m'en souvienne, je n'avais pas encouragé William à revenir me voir seul après ce baiser. Au contraire, je m'étais excusée platement de cet élan et il était parti comme ça. Il n'y avait eu aucun contact entre nous depuis. J'avais laissé les choses telles quelles. Je m'étais concentrée sur mes objectifs et mes enfants. J'imaginais que William s'était focalisé sur ses études. Le dernier cours de soutien devait être le cadre idéal pour tenter de rétablir un semblant de normalité après ce qui s'était passé. Du moins, c'est ce que j'espérais.

En rentrant d'une longue promenade, je tombe sur William à un croisement proche de ma rue. Il porte un jogging à la mode et un t-shirt blanc sous une veste droite à carreaux. Il a l'air vraiment bien dans cet ensemble. Personne n'oserait porter ce genre de vêtements tendance dans le village. Son style, décontracté avec une touche d'originalité, est représentatif de son âge et des influences extérieures dont il s'inspire. Discrètement, je l'observe comme si je le décryptais pour la première fois. Ce qui me saute aux yeux c'est qu'il crie à l'aventure par inadvertance. Il me donne l'impression de sortir tout droit d'un clip de rap, issu de Brooklyn, où les jeunes enchaînent les paniers de basket au son d'un beatbox. Il ne s'était jamais habillé de cette façon pour les cours de soutien. Dans ce contexte, et pour être pris au sérieux par Ben certainement, il avait joué le jeu du tuteur. D'ailleurs, il n'y pas de cours prévu aujourd'hui. Pourquoi est-il là ? Je n'en ai aucune idée ? M'attend-il depuis longtemps ? Est-il là pour moi ? Au début, nous sommes un peu embarrassés, tous les deux un peu empruntés et raides comme des piquets. Sa veste à carreaux me donne le tournis à présent ! Qui doit parler en premier ?

Je décide de briser la glace. Avec un soupçon de naturel, j'arriverai peut-être à rendre la situation supportable. Si notre malaise pouvait se mesurer, il aurait le poids d'un éléphant.

— Bonjour William, pourquoi êtes-vous là ?

— J'ai rendez-vous avec un ami.

— Je vois…

— On va se retrouver en terrasse.

— Et vous passiez par ici avant ?

— En quelque sorte.

— Vous m'attendiez ?

— Je marchais vers le haut du village pour prendre le bus. Au passage je vous ai repérée…

— Vous n'êtes pas en retard pour votre ami…

— Pas encore.

— Vous êtes parti en avance ?

— A vrai dire, je souhaitais vous croiser.

Son honnêteté m'impressionne. Je parie qu'il a réfléchi à la raison pour laquelle ce baiser soudain est apparu. Souhaite-t-il mettre les points sur les i ? Ou alors il est passé à autre chose comme moi. Nos pulsions ne sont pas toujours les bonnes réponses à nos émotions. La chaleur imprime une lumière sur son visage qui lui donne une aura supplémentaire. A cause du soleil qui tape et à la transpiration de mon corps, une touffe de cheveux est venue se coller à mon cou comme une écharpe. Mes cheveux me cachent. Je me demande s'il a réellement rendez-vous avec un ami. Peut-être a-t-il tourné en rond dans le village jusqu'à mon retour ? Ce que je sens, c'est qu'il attendait cette conversation. Son regard est concentré et soucieux. Il a besoin de cracher quelque chose. Quelque chose de grave ? Il vaut mieux que je clarifie tout de suite ce baiser

— Vous allez bien ?

— Oui, à peu près.

— Désolée, les choses n'ont pas été claires.

— C'est vrai.

— Je m'en veux. Je n'aurai pas dû…

William m'interrompt brusquement. Il ne veut pas parler du baiser. Le souiller. Soit parce qu'il ne le regrette pas, soit pour une autre raison.

— Il ne s'agit pas de cela.

— C'est à dire ?

— Je ne sais plus où j'en suis…

Un blanc s'immisce dans la conversation. On se regarde en chiens de faïence. Il y a encore un risque de ne pas être très à l'aise si notre discussion dérape comme nos corps ont dérapé auparavant. Ce n'est pas facile de faire en sorte que tout aille bien. Pour l'instant nous appréhendons les réactions de l'autre. Je serai toujours troublée par cette ressemblance physique qu'il a avec Romain jeune. Je ne peux rien y faire. Je réalise cependant qu'il n'a pas son caractère. Je dirais qu'il a le mien quand j'avais son âge. Je cherchais ma destinée aussi. Celle qui ne me mettrait pas à genoux.

Je me détends. Je voudrais l'entendre comme il m'a écouté l'autre jour. Je suis la vieille dans l'histoire. Celle censée incarner la voix de la sagesse, je lui dois bien ça ! Il a l'air anxieux, bousculé dans sa quiétude habituelle. On dirait qu'il est pris en otage par une avalanche de questions.

— En Septembre, vous partez à Amsterdam ?

— Je peux encore changer d'avis.

— Pourquoi iriez-vous à l'encontre de vos plans ?

— Je manque de direction.

— Vous avez des doutes, c'est normal.

— Mes amis n'en ont pas.

— Et alors ?

— Je veux être sûr de mes choix

— Tout acte a ses conséquences. Mais à ce niveau, vous ne risquez rien.

— Ces choix me paraissent décisifs comme des tatouages sur la peau.

— Grâce à ce départ, vous verrez autre chose. Au mieux, vous évoluerez. Tout est utile, même l'inutile.

Le fait de se lancer dans la conversation nous décoince. Il n'y a pas d'amertume dans nos voix. L'entente est finalement bonne. Ce vouvoiement entre nous n'est qu'une figure de style, il y a bien une amitié sous-jacente entre nous depuis le début. Le sentiment étrange, et qui persiste, réside dans l'oubli volontaire de ce baiser. Nous ne lui donnons aucune forme. Nous l'avons gommé. Ce n'était qu'un baiser. Cela ne sert à rien d'en faire tout un plat. Nous l'avons compris. En marchant, je constate que nos corps n'ont plus la souplesse de ce moment où nous étions entrelacés. Il y a un verrou entre nous. L'insinuation d'un rapprochement sensuel est obsolète. Nous avançons côte à côte, nos corps fermés l'un à l'autre. La seule chose qui peut passer, c'est la parole.

William me parle de ses études à l'étranger. De cet ailleurs. C'est le sujet qui revient en boucle depuis nos confidences. Il ne part pas le cœur léger. La plupart des étudiants ne se posent pas autant de questions. Lui hésite. La nouveauté semble lui faire peur ? Pourquoi se retient-il ? Il ne se connaît pas encore tout à fait ? Peut-être que tout a une grande importance à ses yeux et que la décision de faire des choix le déstabilise ?

Au fur et à mesure qu'il développe son tracas, je réalise le décalage entre nous. Il n'a jamais quitté le terreau de son enfance, mais il cherche à partir. Sa pensée est réduite à ce qu'il connaît. Là où il a marché uniquement. Il se demande si cela suffit pour se lancer. Ma vie a été jalonnée d'allers et de retours géographiques et culturels entre la France et l'Angleterre. De grands écarts dans les rôles qui me définissent. Je ne me suis pas bâtie progressivement comme la ligne incurvée de ma main qui monte vers le haut - en douceur. Il m'a fallu les bras de plusieurs rivières pour construire mon cours d'eau. Je me suis échafaudée par paliers et de façon brutale. Et voilà que je suis où je devais être. Posée là.

Ce qui est évident c'est que William doit partir et moi, m'installer. C'est la seule chose dont je sois sûre. C'est l'action qu'il faut mettre en place.

CHAPITRE 23

L'ARRIVEE

La réponse pour l'audition viendra plus tard. Maintenant que j'ai revu William, j'essaye d'oublier les événements récents et de cueillir le jour. Les journées s'écoulent sans nouvelles de lui. Il n'est pas venu comme prévu pour le cours de soutien final le 24 juin. Je m'en amuse, car le jour de mon anniversaire est souvent synonyme de surprises dans ma vie, notamment l'officialisation du Brexit en 2016. Notre dernière rencontre remonte à cette rencontre imprévue après le baiser et je respecte cette distance.

Le dernier trimestre est terminé et Benjamin se débrouille à présent. Il pourra débuter l'année prochaine avec de bonnes bases. C'est tout ce que je lui souhaitais. Nous avions évoqué l'idée d'un stage de révision début juillet afin de faire un point. Je patiente le temps qu'il faut pour connaître le programme de William. Il a manqué le dernier cours, mais cela ne veut rien dire pour la suite.

Enfin, à l'image de la société et de sa jeunesse, le bruit d'un texto immédiat « Ping » me prévient que William ne poursuivra pas son travail cet été avec nous. Il part s'installer sur le campus de sa future Université, en avance. Le stage de révision part à la trappe. Benjamin est ravi. Il estime avoir suffisamment donné cette année et souhaitait échapper à cette dernière obligation. Je vire donc l'argent des dernières leçons à régler par internet, sans chercher à le joindre. Je comprends que l'on en reste là. Notre dernière conversation a scellé nos adieux. William appelle Benjamin pour lui signaler qu'ils peuvent rester en contact grâce aux réseaux sociaux. Tout se passe bien. Aucune tension n'est apparente.

Jules parle français comme ceux de sa classe. L'année est passée vite pour lui et son école lui convient. Finalement, Juin se clôture avec Ben et Jules qui s'investissent dans leur environnement. Les garçons sont sortis, plus ou moins, de la mouise. Je les regarde avec tendresse, ils ne manquent pas de courage.

Courant Juillet, nous déménageons dans la maison aux volumes ouverts. La radio est allumée pendant que je déballe nos cartons, elle fait partie de ces voix qui meublent mon existence et la rythment. Je me souviens de ma grand-mère qui se réveillait et s'endormait au son de ses émissions radiophoniques. Mon rapport à ses fonds sonores est identique à ce genre de rituel. La radio m'accompagne comme une deuxième cervelle ambulante pendant que je rumine certaines idées dans mon coin. Lors de mes obligations journalières, la radio réfléchit à haute voix, en décibels, et m'attrape en plein vol. Je reviens régulièrement sur terre grâce à elle. UN homme à la voix nasillarde débat sur le Brexit. Cela me fait penser que les racines que j'ai eu du mal à lâcher n'étaient pas aussi profondes que je le pensais. Je me demande même si elles étaient les miennes au départ. En fin de compte, je n'ai pas eu à chercher bien loin pour me trouver un terrier.

Un rôle de figurante pour le tournage d'une série télé me permet une petite folie. J'achète un fauteuil et une table à l'occasion d'une brocante d'un village proche. Je peux participer à l'élaboration de notre intérieur. Romain et moi installons la maison petit à petit comme les enfants arrangent leur maison de poupée, consciencieusement. Nous inversons la place des coussins sur le canapé. Nous positionnons le fauteuil dans un coin, puis dans un autre. Nous mettons ce nouvel abri en forme. Notre idée est de le rendre douillet, accueillant. Ma bibliothèque s'agrandit de nouvelles œuvres théâtrales ou romancées. Les livres tapissent le mur de notre salon du haut jusqu'en bas. Visuellement, c'est la colonne vertébrale du domicile.

Jules apporte régulièrement sur la table de la maison des bouquets de fleurs. Ils sont disposés dans des pots de yaourts en verre recyclé. Il en avait tant confectionné durant notre location, qu'il estimait pouvoir nous régaler de son nouveau talent, entre deux jeux de ballon dans le jardin. Le jardin, c'est un peu Tchernobyl : on dirait qu'une catastrophe est passée par là. Il y a tout à faire pour le rendre agréable. Il va falloir beaucoup élaguer et replanter. Les taupes ont creusé des tunnels et des galeries souterraines, des rainures ponctuent l'herbe comme si un artiste avait voulu inscrire un message en graffiti au sol. Romain l'analyse constamment en imaginant à quoi cela pourrait ressembler. C'est une toile vierge, en prenant son café, il s'inspire du désordre visuel, imperturbable. Ben rejoint souvent un nouvel ami dans un autre village. Ils font des allers-retours sur leurs vélos pour faire du BMX dans les bois. Son indépendance s'affirme à la hauteur de son âge. Cette deuxième rentrée se prépare sans urgence, en paix.

Ce matin, c'est l'heure d'aller au basket. Un tournoi a été organisé par le club des garçons. Une occasion de terminer la saison en beauté. On fonce tous au stade. J'aime l'ambiance de ces moments familiaux. Pendant que les enfants se défoulent sur le terrain, Romain s'amuse à les regarder. Il retrouve le plaisir de la légèreté après des mois de dur labeur. Il peut enfin s'échapper, prendre la tangente et goûter à cette évasion sportive du week-end.

J'en profite pour m'éloigner du groupe et appeler Virginie. La remercier une dernière fois. Elle est en route pour une visite. Une famille italienne arrive dans la région pour s'installer. Elle m'accueille avec son dynamisme habituel

— J'étais sûre que cette maison était faite pour vous !

— Merci de votre aide

— Y'a pas de quoi. Dans l'agence on adore accueillir les nouvelles familles dans le coin. En plus, William est proche de vous.

— Pardon ?

Je panique. À quoi fait elle référence…

— Il s'est bien entendu avec Benjamin.

— Ah oui, bien sûr…

— C'était son premier travail d'étudiant.

— Il a été formidable avec Ben.

— Ça lui a donné confiance pour la suite.

— Ce n'était pas évident, je suis heureuse que tout se soit bien passé.

— Je pense qu'il s'en souviendra, les premiers boulots d'étudiants ça forge !

Elle me dit cette phrase comme une évidence. Puis elle me donne des nouvelles de son fils sans se douter que nous avons partagé un baiser. Grâce à l'intimité de nos conversations, je connaissais déjà ses doutes. Et grâce à un texto, je savais qu'il avait réussi à s'envoler pour Amsterdam fin Juin. Ses études ne démarrant qu'en Septembre, Virginie a l'air de croire qu'il a eu un déclic. Je l'écoute par courtoisie. Elle m'explique donc que du jour au lendemain, il aurait décidé de se rendre là où il allait passer trois ans de sa vie. Il aurait souhaité se familiariser en amont avec l'endroit qui allait le construire. Tout ça pour ne pas avoir un jour à renoncer à cette opportunité au cas où il n'aurait pas été assez prêt. J'avais compris sa démarche, il se dépucelait en préambule, avant de s'engager définitivement dans ses choix. Lorsque quelqu'un quitte un pays pour vivre dans un autre, même un pays proche, et ce, quelles que soient les raisons, le déplacement impose une rupture. Il faut prendre la température du lieu avant de pouvoir démarrer une journée.

Apparemment il aurait rencontré une fille sympa. Virginie m'avoue qu'elle ne sait pas ce que « sympa » veut dire. Est ce qu'il est sous le charme ? Ami avec elle ? Aucune importance, il semble s'adapter. Il n'est pas revenu pour le moment. Il n'a pas lâché de vue son avenir malgré ses doutes. Au fur et à mesure que Virginie résume l'histoire de son fils, je prends conscience que nous nous sommes aidés mutuellement sans le faire exprès. Comme un mécanisme enclenché, cette rencontre nous a permis à faire la différence.

Dans la maison aux baies vitrées, mi-septembre est arrivé. Deux surprises m'attendent. Un message vocal me proposant une deuxième audition pour la pièce qui va se monter à Paris. La comédienne, choisie à l'origine pour le rôle comique, s'est désistée. Parfois c'est aussi un heureux hasard qui nous met sur la route. Je peux retenter ma chance. Georges a pensé à moi pour de nouveaux essais sur les planches. Peut-être que la danse de mon flamant rose l'avait convaincu quelque peu finalement ?

Aussi une carte postale a été jetée dans notre boîte aux lettres. C'est le premier courrier qui inaugure notre nouvelle adresse. La carte n'est pas signée, mais l'écriture est reconnaissable. Je rigole, car à mon arrivée en France, ce fut aussi William le premier à me poser des questions. À la fin du texte gribouillé, trois phrases courtes me font sourire. « Tout se paye ». Puis, il a noté entre parenthèses « J'ai arrêté de fumer ». Et « Merci ». La vie s'enracine de petits riens.

Achevé d'imprimer : Décembre 2022
Dépôt légal : Décembre 2022